MoonLight Girl

달빛소녀와 생명의 꽃

달빛소녀와 생명의 꽃

청소년 판타지소설 십대들의 힐링캠프, 사랑

[십대들의 힐링캠프®] 시리즈 NO.68

지은이 ı 박기복
발행인 ı 김경아

2023년 9월 1일 1판 1쇄 인쇄
2023년 9월 9일 1판 1쇄 발행

이 책을 만든 사람들
책임 기획 ı 김경아
기획 ı 김효정
북 디자인 ı KHJ북디자인
표지 삽화 ı 정지란
경영 지원 ı 홍종남
기획 어시스턴트 ı 홍정훈, 한선민, 박승아
제목 ı 구산책이름연구소
책임 교정 ı 주경숙
교정 ı 이홍림, 김윤지

이 책을 함께 만든 사람들
종이 ı 제이피씨 정동수 · 정충엽
제작 및 인쇄 ı 천일문화사 유재상

청소년 기획위원
정가인, 양태훈, 양재욱

펴낸곳 ı 행복한나무
출판등록 ı 2007년 3월 7일. 제 2007-5호
주소 ı 경기도 남양주시 도농로 34, 301동 301호(다산동, 플루리움)
전화 ı 02) 322-3856 팩스 ı 02) 322-3857
홈페이지 ı www.ihappytree.com ı bit.ly/happytree2007
도서 문의(출판사 e-mail) ı e21chope@daum.net
내용 문의(지은이 e-mail) ı yesreading@gmail.com
※ 이 책을 읽다가 궁금한 점이 있을 때는 지은이 e-mail을 이용해 주세요.

ISBN 979-11-88758-69-2
“행복한나무” 도서번호 : 170

※ [십대들의 힐링캠프®] 시리즈는 “행복한나무” 출판사의 청소년 브랜드입니다.

| 박기복 지음 |

달빛소녀와 생명의 꽃

MoonLight Girl

: 프롤로그 :

새벽의 불청객

어느 날 새벽이었다. 시골 외할머니댁에서 자다가 문득 잠이 깼는데 무척 목이 말랐다. 깊이 잠든 엄마를 깨우지 않으려고 조심스럽게 일어났다. 부엌 냉장고에서 시원한 물을 꺼내 컵에 따랐다. 물을 마시려는데 식탁 의자가 '끼이익' 소리를 내며 움직였다. 식탁에는 아무도 없었다. 잠이 덜 깨서 잘못 봤을까. 다시 잔을 입에 대는데 또다시 의자가 움직였다. 꿈도 아니고 착각도 아니었다. 지금 생각하면 겁나야 하는데 그때는 호기심이 먼저였다. 의자를 가만히 관찰하며 또 움직이나 기다렸지만 미동도 없었다.

물을 다 마시고 방으로 들어가려는데 창문 밖에서 빛이 흔들렸다. 가로등 불빛이나 자동차 불빛이 아니었다. 왠지 조금 전 움직였던 의

자와 관련된 불빛 같았다. 조심스럽게 창문을 열고 밖으로 나갔다. 흔들리던 불빛은 촛불이었다. 마당 장독대 앞에 촛불 두 개가 빛나고 있었고, 불빛 앞에서 할머니가 무릎을 꿇고 두 손을 모으며 치성을 드리는 중이었다.

방해하지 않으려고 뒤꿈치를 들고 할머니에게 다가갔다. 할머니는 조용하고 경건하게 치성을 드렸고, 나는 할머니 옆에 나란히 서서 기다렸다. 치성을 다 드렸는지 할머니가 깊은 절을 하고는 모았던 손을 풀었다.

"할머니, 뭐 하시는 거예요?"

할머니가 내 머리를 부드럽게 쓰다듬었다.

“나윤이랑 정철이랑 우리 나빈이가 잘되게 해달라고 빌었지.”

“촛불에 비신 거예요?”

“아니란다.”

“그럼, 이 물에 비신 거예요?”

촛불 사이에 맑은 물 한 사발이 고요히 놓여 있었다.

“그 물은 천지신명께 바치는 정화수란다.”

“천지신명이 뭐예요?”

“온 생명을 돌보시는 분이지.”

“제가 그분에게 빌어도 돼요?”

“그럼.”

나는 조금 전에 할머니가 하던 동작을 흉내 냈다. 무릎을 꿇고 두 손을 정성껏 비비면서 머리를 조아렸다. 몇 번 고개를 숙였다가 드는데 배 안에 뭔지 모를 따스한 기운이 느껴졌다. 차가운 새벽 기운을 밀어낼 만큼 따스한 기운이었다. 절을 하면 할수록 그 기운은 더 강해졌다.

절을 일곱 번 하고 고개를 들었을 때였다.

쩍!

갑자기 정화수 그릇이 둘로 쪼개졌다. 쪼개진 단면은 칼로 두부를 자른 듯 깨끗했다. 그릇이 깨졌는데도 정화수가 잠깐 그릇 모양 그대로 유지되다가 바닥으로 흩어졌다. 기이한 현상에 놀라서 벌떡 일어났다. 할머니가 나를 껴안았다.

"이게 무슨 일이람?"

할머니가 주위를 살피더니 나를 집으로 이끌었다. 짙푸른 안개가 불청객처럼 현관문을 뚫고 들어와 마당을 짙게 뒤덮었다. 할머니는 내게 방으로 들어가라고 했지만, 나는 창문에 서서 푸른 안개를 오래도록 응시했다. 푸른 안개는 해가 뜰 때까지 마당에 머물며 모든 빛을 빨아들였다.

차례

: 프롤로그 : 새벽의 불청객 004
: 등장인물 소개 : 010

01. 고기요정 공나빈 014
02. 민들레꽃 028
03. 철조망 042
04. 피 묻은 교복 071
05. 푸른 눈물 088
06. 고양이의 복수 109
07. 사라진 그림자 124
08. 짙푸른 안개 145
09. 능력자들 160
10. 사랑한다면 178

: 에필로그 : 오래된 계획 190

등장인물 소개

공나빈	끼니마다 먹을 만큼 고기를 좋아해서 '고기요정'이라고 불리는 중2 여학생. 3남매의 막내로 태어난 늦둥이라서 부모의 사랑을 듬뿍 받고 자랐다. 냄새난다고 소외당하는 김강산과 짝꿍이 되면서 온갖 일을 겪는다.
김강산	공나빈 짝꿍. 죽은 민들레를 보며 눈물을 흘릴 만큼 생명을 아끼고 사랑하는 남학생. 눈이 먼 엄마와 함께 살면서 직접 농사를 지을 만큼 굳세다. 생명을 사랑하는 마음이 과해 급우들과 자주 충돌한다.
윤보미와 고유미	공나빈과 친한 친구들. 윤보미는 착하고 냄새에 예민하며, 고유미는 씩씩하고 꿋꿋한 성격이다.
진주혜와 이명식	공나빈과 같은 반으로 무리를 지어서 못된 짓을 일삼는 학생들. 진주혜는 황승예, 권은희, 장혜영과 함께, 이명식은 최기현, 박대수, 구찬민, 신영호와 함께 어울려 다닌다.
고은별	신성한 힘을 깨우는 「달빛의 눈」을 지닌 소녀.
황련	현세에 다시 깨어난 신 같은 존재. 진짜 정체는 비밀에 싸여 있다.

토미리스	사냥꾼 일족을 이끄는 총가주(總家主). 머리카락은 보랏빛이고, 두 눈의 빛깔이 다르다. 〈이라두의 발톱〉이라는 막강한 무기를 사용한다.
김현과 권민지	사냥꾼과 맞서 싸우는 사람들. 외삼촌과 조카 사이.
정연화	북쪽 파수꾼. 상징색은 검정. 몸이 물로 변하며 액체를 자유롭게 다룬다.
나단아	서쪽 파수꾼. 상징색은 하양. 귀신을 자유롭게 부리는 영매다.
나단우	서쪽 파수꾼. 상징색은 하양. 방어력과 공격력이 모두 뛰어난 수호자다.
심유리	단우를 사랑하는 소녀. 사악한 영(靈)인 「누」가 몸에 깃들어 있다.
허은석	남쪽 파수꾼. 상징색은 빨강. 붉은 나비를 이용해 심리를 조종하고, 온갖 곳을 들여다볼 수 있다.
허은율	순수하고 맑은 영혼을 지닌 소녀. 온갖 동물과 소통하는 신비한 능력을 지녔고, 격투기를 잘한다.

달빛소녀와 생명의 꽃
MoonLight Girl

01

고기요정 공나빈

"아침부터 또 삼겹살이야?"

교복을 대충 걸치고 후다닥 식탁에 앉는데 오빠가 나를 나무랐다.

"오빠는 괜히 또 트집이야."

오빠를 톡 쏘아붙이고는 재빨리 상추와 깻잎을 겹쳐 잡고 노릇하게 구운 삼겹살 두 점을 얹었다.

"어머니가 힘드시니까 그렇지."

구운 마늘을 쌈장에 살짝 찍어서 삼겹살 위에 살포시 올렸다.

"새벽에 운동하러 갈 때 보니까 어머니가 소금이랑 후추로 삼겹살 밑간을 하시더라. 네 식성 맞추느라 새벽부터 일어나시게 해야겠어?"

윤기가 자르르 흐르는 고기를 보고 있자니 오빠가 늘어놓는 잔소리 따위는 들리지도 않았다.

"난 괜찮아."

엄마는 살포시 웃었다.

"너도 알다시피 나빈이는 고기가 없으면 밥을 못 먹잖아."

"헤헤, 역시 엄마는 내 편."

나는 고기를 참 좋아한다. 좋아한다는 표현밖에 쓰지 못해서 안타깝다. 오죽하면 내 별명이 '고기요정'이겠는가? 내가 고기를 좋아하게 된 원인은 아무리 봐도 엄마다.

나윤 언니와 정철 오빠를 낳고 기를 때까지만 해도 엄마는 고기를 좋아하는 편이 아니었다고 한다. 뒤늦게 나를 임신하면서 심한 입덧으로 고생했는데, 고기 냄새를 맡자마자 거짓말처럼 입덧이 사라졌다. 그때부터 끼니마다 고기를 먹었다. 회사 회식에 가도 몇 점 먹는 둥 마는 둥 했었는데, 임신 중에는 회식이 끝날 때까지 쉼 없이 고기를 먹어서 동료들을 놀라게 했다. 그러더니 나를 낳은 뒤에는 곧바로 고기를 멀리하던 예전 입맛으로 돌아갔다고 한다. 아빠 말처럼 배 속에 있던 내가 고기를 원했던 건지도 모르겠다.

"고기 먹고 싶다고 하면 그냥 생고기를 구워 주세요. 괜히 새벽마다 고생하지 마시고."

상추와 깻잎이 삼겹살을 부드럽게 감싸고, 삼겹살에서 배어난 간간하면서도 고소한 맛이 혀를 감미롭게 자극했다. 이런 맛은 생고기를 구워서는 절대 나오지 않는다. 오빠는 고기 맛을 모른다.

"나라를 지키느라 애쓰시는 공정철 소위님, 제 입맛은 제가 지킬 테니 간섭은 사절입니다."

다시 고기를 두 점 싸서 맛있게 먹었다. 고기를 씹는 순간이 나는 가장 행복하다. 그 순간이 바로 천국이다.

"어휴, 저 말버릇하고는."

맛있게 고기를 씹다가 매서운 오빠 눈빛을 보고는 얼른 눈을 돌려 버렸다. 저런 표정일 때 잘못 건드리면 심하게 야단맞는다. 엄마와 아빠는 한 번도 야단친 적이 없다. 언니는 자기 할 일이 바빠서 나한테 관심도 없다. 반면에 어릴 때부터 오빠는 아주 엄격했다. 초등 2학년 때까지 나를 가르친 사람도 오빠였다. 학습지와 학원도 오빠가 다 정해줬고, 숙제 검사도 오빠가 다 했다.

오빠가 그렇게 한 데는 이유가 있었다. 나는 늦둥이다. 오빠랑은 열 살, 언니와는 열한 살 차이다. 아빠는 출장이 잦은 직업이었고, 엄마도 회사에 다녀서 두 분이 내 공부를 챙겨줄 여력이 없었다. 언니는 욕심도 많고 승부욕도 강해 자기 공부에는 열성이었지만, 나에게는 관심이 없었다. 오직 오빠만 어린 나를 공부시켰다. 오빠는 엄격하게 가르쳤지만 부당하게 대한 적은 한 번도 없었다. 철없던 시절이었어도 오빠가 공명정대하다는 걸 알았다. 그런데도 오빠가 시키는 걸 그대로 따르지 않을 때가 많았다. 오빠가 심하게 야단치기라도 하면, 그럴 때마다 엄마나 아빠에게 쪼르르 달려가 일러바쳤다. 내가 어리광을 부리면 엄마 아빠는 무조건 내 편을 들었다. 늦둥이만 누릴 수 있는 특권이었다.

"나빈이 내버려 두고, 너도 많이 먹어."

엄마가 반찬을 오빠 앞으로 밀었다.

오빠는 나를 째려보더니 엄마가 밀어주는 반찬을 집었다. 오빠는 반듯한 자세로 젓가락질했다. 나는 노릇노릇한 삼겹살을 듬뿍 싸서 입안을 가득 채웠다.

"복귀 시간이 저녁 여덟 시지?"

엄마가 물었다.

"네."

"나빈이 아빠가 네 시면 돌아온다고 했는데, 얼굴이라도 보고 가면 좋겠구나."

오늘은 아빠가 출장에서 돌아오는 날이다. 기분이 붕붕 날아다녔다. 왜냐하면 출장에서 돌아올 때면 아빠는 늘 비싼 한우를 사 오기 때문이다. 그걸 먹을 생각을 하니 벌써 군침이 돌았다.

"아버지는 이제 연세도 있으신데, 힘든 출장을 왜 계속 다니시는지 모르겠어요."

"나빈이 아빠가 가야만 수리가 가능한 옛날 설비가 많아서 어쩔 수가 없대."

"그건 십 년 전에도 늘 하시던 말씀이잖아요."

아빠는 전국 곳곳을 돌아다닌다. 출장을 마치고 돌아오는 날이면 그 지역에서 가장 유명한 고깃집에서 산 최고급 고기도 함께 따라온다. 그날이 내게는 가장 기쁘고 행복한 날이다. 아빠를 다시 만나서 행복하고, 고기를 만나서 더 행복하다.

"그나저나 나윤이 누나는 얼굴 한번 보자고 했는데도 휴가 내내 들르지를 않네요."

"나윤이가 얼마 전에 중요한 업무를 새로 맡아서 정신없이 바쁘대."

나윤이 언니는 이미 대학을 졸업했고 취업도 했다. 나는 나윤이 언니와는 별로 가깝지 않다. 편하긴 하지만 서로 정이 쌓일 만한 사이가 아니다. 언니는 자기밖에 모르는 사람이고, 자기 일에 방해되지만 않으면 내가 뭘 하든 관심도 없다. 오빠가 엄격하게 나를 가르친 게 당시에는 불만이었지만, 솔직히 말해서 오빠가 아니었다면 나는 공부도 생활도 엉망이었을 것이다. 그래도 요즘은 나윤이 언니와 조금은 가까워졌다. 언니가 새로 사귄 남자친구 덕분이다. 몇 번 얼굴을 봤는데 그때마다 내가 "형부!" 하고 부르면 좋아서 어쩔 줄을 모른다. 내가 고기를 좋아한다는 걸 안 형부는 가끔 일부러 찾아와서 고기를 사주었다. 비싼 고기가 먹고 싶을 때면 내가 먼저 애교를 부리기도 했는데, 그러면 어김없이 와서 내 배를 가득 채워준다. 그럴 때마다 언니는 "고기 귀신한테 홀리지 마!" 하고 경고를 날린다. 물론 그 경고는 내 애교에 막혀 제대로 효과를 발휘하진 못한다.

"요즘도 누나 자취방에 가서 청소해 주세요?"

"집구석이 어찌나 더러운지 내가 가서 청소 안 하면 쓰레기통이 따로 없어."

"어머니, 이제 그만하세요. 나빈이도 그렇고 나윤이 누나도 그렇고, 어머니께서 다 해주시니까 제 손으로는 아무것도 안 하려고 하잖아요."

지저분한 내 방이 떠올랐다. 어제도 오빠는 방을 치우라며 한껏 잔소리를 퍼부었다. 저러다 또 나한테 불똥이 튈지도 모른다.

"내가 건강하니까 하는 거야. 몸이 힘들면 안 할 테니 걱정하지 마."

오빠는 어릴 때부터 자기 일은 자기가 다 했다고 한다. 언니 방은 내가 물려받아서 쓰고, 오빠 방은 그대로 두었는데 가끔 들어가 볼 때마다 다른 차원을 방문한 듯한 착각에 빠진다. 모든 책과 물건이 작은 엇나감도 없이 각과 선을 맞춰 정리되어 있다. 언니는 공부 빼고는 제 손으로 아무것도 안 했지만, 오빠는 어릴 때부터 집안 살림을 다 했다. 언니가 설거지와 요리하는 모습을 본 적은 없지만, 오빠가 하는 모습은 숱하게 봤다. 엄마가 일 때문에 바쁜 날에는 오빠가 직접 요리해서 나를 챙겼다. 바쁜 고등학교 생활을 하면서도 집안일에 소홀하지 않았다. 그 점은 지금도 고맙게 생각한다. 오빠는 어릴 때부터 꿈이 군인이었는데, 어린 나조차 군인이 오빠에게 참 잘 어울리는 직업이라고 생각했다.

"그나저나 전에 만난다고 했던 여자와는 잘돼 가는 거니?"

시선을 마주치지 않으려고 일부러 고기 먹기에 집중하다가, 그 말에 저절로 고개가 오빠 쪽으로 돌아갔다. 이제껏 여자 연예인조차 쳐다보지 않던 오빠가 연애를? 엄마가 입에 올릴 정도면 꽤 진지한 사이라는 말인데……. 고기 굽는 빨간 숯불처럼 호기심이 피어올랐다.

"아직 잘 모르겠어요. 제가 바빠서 자주 연락하지도 못하고, 민지 씨도 자기 일로 워낙 바쁜 편이라……."

나는 '민지'라는 이름을 콕 붙잡아 기억했다.

"아무리 바빠도 자주 연락해. 그래야 서로 인연이 두터워지는 거야. 연애는 나빈이 아빠한테 좀 배워. 나빈이 아빠가 연애할 때 얼마나 나를 잘 챙겼는지 아니? 공장일로 늘 바쁘면서도 어찌나 세심하게 챙기는지 내가 그 세심함에 반했잖아."

"아직 그렇게까지 해야 할 관계는 아니에요."

"처음 만났을 때부터 대화가 잘 통했다면서?"

"그렇기는 하지만……."

자신 없어 하는 오빠 모습이 무척 낯설었다. 오빠는 뭐든 잘하고 어떤 일이든 자신감이 넘치는 사람인데, 연예에는 미숙한 것 같았다.

"아무래도 너, 나빈이 아빠한테 상담 좀 받아야겠다."

"안 그래도 아버지와 상의할 게 있어요. 밥 먹고 제가 전화드릴게요."

오빠는 천천히 밥을 먹으면서 진지한 표정을 지었다. 말 못 할 고민이 있는 것 같았다.

어느새 앞에 놓인 삼겹살이 한 점만 남았다. 나는 소금장에 고기를 살짝 찍어서 천천히 씹었다. 사근사근 씹히는 맛이 담백하고 상큼했다. 고기 맛이 아무 방해도 받지 않고, 혀를 통해 신경을 타고 뇌로 전달됐다. 마지막 고기를 씹을 때면 늘 큰 아쉬움이 남는다. 행복한 순간이 끝나기 때문이다. 누구든 자신이 가장 좋아하는 시간이 끝나가면 아쉬울 수밖에 없다.

"잘 먹었습니다."

고기가 떨어지자마자 젓가락을 내려놓았다. 시계를 보니 유미가 밖에서 기다릴 시각이었다. 화장실에서 이를 대충 닦고 가방을 집어 들고 뛰쳐나가려는데 엄마가 다급하게 나를 불렀다.

"나빈아, 교복에 냄새 뱄을 텐데 탈취제라도 뿌리고 가!"

"괜찮아!"

"야, 교복은 제대로 입어야지."

오빠도 잔소리를 덧붙였지만 무시했다.

"다녀오겠습니다."

나는 손을 휘저으며 신발을 대충 신고 문을 거칠게 열고 튀어 나갔다. 엘리베이터가 바로 위층에 있었다. 아슬아슬하게 탄 뒤에 흐트러진 교복을 대충 갈무리했다. 엘리베이터가 1층에 서자마자 달려 나가다가 현관으로 들어오는 사람과 부딪힐 뻔했다. 유미가 기다리는 데까지 숨도 안 쉬고 뛰어갔다. 아파트 단지 입구에 길쭉한 유미가 보였다. 유미는 나를 발견하자마자 긴 팔을 쭉 뻗어서 나에게 반가운 손인사를 건넸다.

"아이고, 숨차!"

유미 앞에서 허리를 숙이고 숨을 가쁘게 몰아쉬었다.

"나빈이 너 또 아침에 삼겹살 먹었지?"

"헉, 헉, 어떻게 알았어?"

"삼겹살 냄새가 진동하는데 어떻게 몰라?"

"그렇게 냄새가 진해?"

나는 숨을 천천히 가다듬으며 옷소매를 코에 대고 냄새 맡는 시늉을 했다.

"안 그래도 엄마가 탈취제 뿌리라고 했는데……."

"이렇게 진한 냄새도 못 맡다니, 하여튼 네 코는 불가사의야."

나는 싱긋 웃었다.

"헤헤, 어차피 너만 괴롭잖아."

"으이구, 그래! 너는 냄새 못 맡아서 참 좋겠다."

나는 후맹이다. 의사 선생님은 '후각소실증'이라고 진단했다. 쉽게 말해 냄새를 못 맡는 병이다. 태어났을 때는 후맹이 아니었던 것 같다. 어렴풋하지만 어릴 때 냄새를 맡았던 기억이 있다. 후각은 시각이나 청각처럼 분명하게 기억하기는 어려운 감각이라, 내가 떠올리는 후각 기억이 정확하다고 확신하진 못한다.

그래도 냄새를 못 맡게 된 사건은 뚜렷하게 기억한다. 내가 다섯 살 때였다. 엄마와 단둘이 시골 외할머니댁에 다녀오던 길이었다. 전날 밤까지 내린 눈 때문에 도로 곳곳에 녹지 않은 눈이 남아 있었다. 평소에도 차를 조심스럽게 모는 편인 엄마는 더 천천히 운전했다. 나는 뒷좌석에 설치된 어린이용 카시트에 앉아서 엄마와 수다를 떨었다. 조수석에 앉고 싶었지만, 아무리 보채도 엄마는 그것만은 허락하지 않았다. 그때는 이미 뒷좌석에 앉아가는 습관이 들어서 엄마 뒷모습을 보며 수다 떠는 게 자연스러웠다. 엄마는 운전하면서도 내가 쉼 없이 내뱉는 의미 없는 말들을 다 받아주었다. 엄마랑 말하는 게 재밌어서 차가 느리게 간다는 인식조차 없었다.

굽은 도로를 지나서 길게 뻗은 직선 도로로 우리 차가 진입했다. 길가에서 자라는 소나무 가지가 독특했다. 내가 소나무에 관해 무슨 말을 하려고 할 때였다. 정면에서 갑자기 승용차가 나타났다. 가슴이 철렁 내려앉았다. 반대편 차선에 큰 유조차가 오고 있었는데, 유조차 뒤에 있던 승용차가 그 유조차를 추월하려고 차선을 넘은 것이다. 차끼리 정면으로 충돌할 수도 있는 위험천만한 상황이었다. 엄마는 다급히 브레이크를 밟았다. 몸이 앞으로 급격하게 쏠렸다. 카시트가 작은 내 몸을 단단하게 붙잡았지만, 정신이 아찔했다. 우리 차선으로 넘어온 차는 우리 차를 스치듯이 지나 반대편 차선으로 넘어갔다. 놀라서 두근거리는 가슴이 진정되기도 전에, 원래 차선으로 무사히 돌아간 줄 알았던 그 차가 균형을 잃고 휘청거렸다. 한 바퀴 빙 돌더니 옆으로 기울어지며 넘어가다가 그대로 도로 바깥으로 튕겨 나갔다. 그 차는 두 바퀴를 더 돌고 논 위에 멈췄다.

엄마는 비상등을 켜고 차를 도롯가에 바짝 세웠다. 반대편 유조차도 길가에 멈추고 운전자가 밖으로 나왔다.

"괜찮니?"

"응, 괜찮아. 그런데 저 차에 탄 사람들은 안 괜찮을 것 같은데."

"엄마가 갔다 올게. 기다릴 수 있지?"

"알았어."

나는 씩씩하게 대답했다.

엄마는 차 밖으로 나갔다. 차 몇 대가 더 오더니 멈춰 섰고, 사람들이 내려서 사고가 난 차를 향해 달려갔다. 사람들이 옆으로 누운 차를 바로 세우고, 차에 탄 이들을 구조했다. 어떤 남자가 먼저 내리고, 나보다 한두 살 더 먹은 듯한 언니가 나중에 내렸다. 사람들이 그들을 둘러싸는 바람에 그 언니 상태가 어떤지는 알 수 없었다. 조금 뒤 엄마가 차로 돌아왔고, 우리 차는 다시 출발했다.

조금 놀라긴 했어도 충돌이 없었고 카시트 덕분에 다치지도 않아서, 그 일이 내 삶에 큰 영향을 줄 거라고는 전혀 예상하지 못했다. 그러나 그날 저녁 식사 시간부터 이상한 일이 벌어졌다. 엄마는 사고에 놀란 나를 달래려고 돼지갈비를 구웠는데, 이상하게 냄새가 나지 않았다. 여느 때 같으면 고기 냄새를 맡는다면서 엄마 옆에 바짝 붙어 즐거워할 나였다. 부르지 않아도 고기 냄새가 나면 모든 일을 제쳐두고 달려왔는데, 고기를 다 굽도록 내가 나타나지 않자 엄마가 이상하게 여겼다.

"어디 아프니?"

엄마가 밥상을 차리며 근심스럽게 물었다.

"모르겠어. 그런데 이상해."

엄마는 무릎을 꿇고 두 손으로 내 얼굴을 감쌌다.

"이상하다니, 뭐가?"

"냄새가 안 나."

"무슨 말이야?"

"고기 냄새가 전혀 안 나."

"야, 공나빈! 장난하지 마. 어떻게 이 냄새를 못 맡냐?"

자기 방에 있다가 고기 냄새를 맡고 나온 오빠가 한마디 했지만 나는 머리를 세차게 저었다.

"정말이야. 아무 냄새가 안 난단 말이야."

나는 울먹였고, 엄마는 내가 울음을 그칠 때까지 꼭 안아주었다.

엄마는 한숨 자고 나면 나을 거라며 나를 위로했고, 냄새는 맡지 못했어도 갈비는 맛있게 먹었다. 하지만 그다음 날에도 나는 냄새를 맡을 수 없었다. 화장실에서 일을 볼 때도 냄새가 나지 않았다. 아침을 먹을 때도 마찬가지였다.

심각해진 엄마는 나를 이비인후과에 데려갔다. 의사 선생님이 뭐라고 한참 설명했지만, 어린 내가 알아들을 수 있는 말은 아니었다. 병원에 다녀온 뒤 약을 오랫동안 써도 전혀 나아지지 않았다. 큰 병원에 가서 정밀검사를 받기도 했지만 이유를 알아내지도, 치료하지도 못했다. 보통은 후각에 문제가 생기면 미각도 퇴화한다는데 이상하게 미각은 전과 다름없었다. 엄마는 내가 냄새를 못 맡는다는 사실보다 뇌나 감각기관에 이상이 생겼을까 봐 걱정했는데, 다행히 다른 기능에는 문제가 없었다. 냄새를 못 맡는 것 말고는 생활에 아무런 문제가 없고, 치료할 방법도 없어서 엄마는 결국 내 치료를 포기했다. 나도 냄새를 못 맡는 상황에 적응하면서 그러려니 하며 살았다. 늦둥인 데다가 냄새까지 못 맡게 되자 엄마 아빠는 나를 더 아끼며 보살폈다. 엄격하게 대하는 오빠조차 내 몸이 조금이라도 안 좋은 낌새가 보이면 내 멋대로 하게 내버려 두었다.

유미와 나는 삼겹살에서 시작해 냉면, 떡볶이, 김밥, 순대까지 온갖 음식 얘기를 나누며 즐겁게 학교로 향했다. 교문 앞까지 온 우리는 보미를 기다렸다. 보미와 유미는 초등학교 4학년 때부터 함께 어울려 다닌 사이이다. 우리끼리 '요정 세 자매'라고 부르며 뭉쳐 다녔다. 고기를 좋아하는 나는 '고기요정', 몸매는 날씬하지만 식탐을 못 참는 유미는 '식탐요정', 늘 책을 가까이하면서 작가가 되고 싶어 하는 보미는 '문학요정'이다. 중학교 1학년 때는 모두 다른 반이었지만, 2학년이 되면서 나와 보미는 같은 반이 되었다. 유미가 바로 옆 반으로 오면서 우리는 더 많은 시간을 함께 보냈다.

삼겹살에서 출발한 이야기가 치킨에 이를 때쯤 보미가 나타났다.

"보미야!"

나와 유미는 신나게 보미를 부르며 손을 흔들었다. 우리 못지않게

까불대고, 내 옷에서 나는 냄새에 호들갑을 떨 보미인데, 그날은 여느 때와 달리 팔을 힘없이 늘어뜨리고는 시무룩했다.

"왜 그래?"

"무슨 일 있어?"

나와 유미는 앞다투어 보미에게 물었다.

보미는 아무런 대꾸 없이 시무룩하더니 휴대전화 문자를 보여 주었다. 꽤 긴 문자였는데 발신인이 담임 선생님이었다.

"담임이 아침부터 뭔 문자를 이렇게 길게 보냈대?"

나와 유미는 고개를 갸우뚱하며 문자를 읽었다. 처음에는 무슨 말인지 이해할 수 없었다. 이런저런 좋은 말로 정의와 배려에 관한 멋진 말들이 이어졌다. 도덕책에서나 접하는 딱딱한 문장이었다. 불분명하던 의도는 후반부에 이르자 명확해졌다.

"이상구랑?"

유미가 놀라며 들고 있던 보미 휴대전화를 떨어뜨릴 뻔했다.

"그게 말이 돼?"

유미는 자기 일처럼 반응했다.

나는 담임 선생님이 보낸 문자를 마지막까지 꼼꼼히 읽었다. 담임 선생님은 당신이 무리한 부탁을 한다는 걸 아시는지 마음 착한 보미를 위하고 설득하는 문장을 덕지덕지 붙여놓았다.

"냄새 나는 이상구랑 짝꿍을 하라니……."

유미는 발을 동동 구르며 보미보다 더 흥분했다.

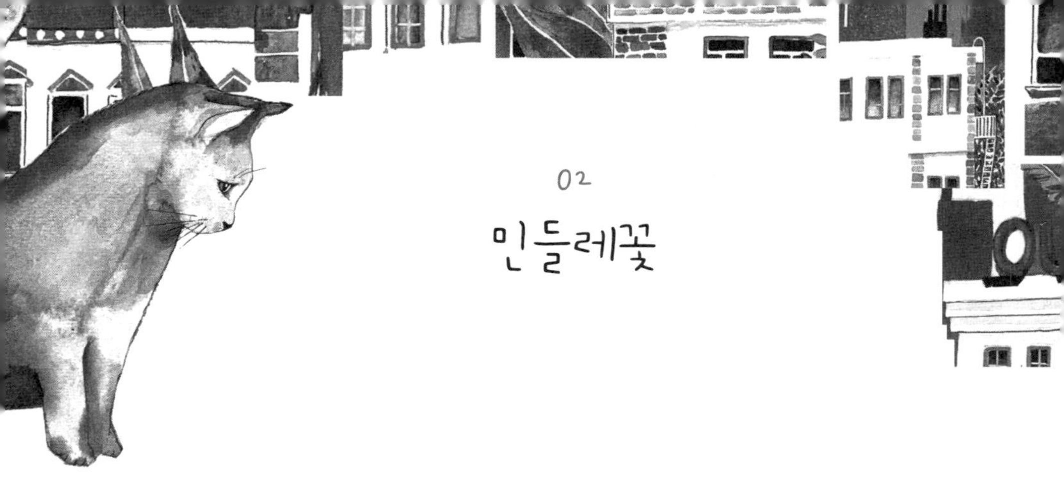

02

민들레꽃

이상구가 본명은 아니다. 애들이 하도 '이상구'라고 불러대서 나도 처음에는 본명이 이상구인 줄 알았다. 2학년 때 그 애와 같은 반이 되고, 선생님이 출석 부르는 걸 듣고서야 본명이 '김강산'이라는 걸 알았다. 워낙 소문이 자자해서 대충은 들었지만 같은 반도 아니었고, 떠도는 소문에 별로 관심이 없어서 자세히 알지는 못했다. 그러다 지난 4월 초에 김강산이 얼마나 이상한지를 직접 보게 되는 사건이 있었다.

그날 마지막 수업은 국어였다. 《옥상의 민들레꽃》이라는 책으로 수업했는데, 옥상이라는 척박한 환경에서 꿋꿋하게 자라는 민들레꽃을 만나 살아갈 용기를 얻는 대목에서는 주인공 못지않게 나도 뭉클했다. 행사 준비로 회의에 들어간 유미와 보미를 기다릴 때도 수업에서 받은 감흥이 길게 이어졌다. 민들레꽃에 담긴 의미를 되새기니 주위에 무수히 자라는 생명이 전과 다르게 다가왔다. 특히 콘크리트 틈새에서 자라는 작은 풀잎이 유독 눈에 띄었다. 그 강인한 생명력을 가까이서 느끼려고 쭈그려 앉았다.

'어쩜 이리 강할까?'

감탄하며 풀잎을 보는데 감흥을 깨뜨리는 소음이 들렸다. 주차장과 정문을 잇는 길에서 몇몇 애들이 웅성거렸다. 무슨 일이기에 저리 심하게 떠드는지 궁금해서 그쪽으로 갔다. 동그랗게 둘러선 애들 사이에 한 아이가 쪼그려 앉아 있었다. 처음에는 여럿이 한 명을 괴롭히는 학교폭력이 벌어지는 줄 알고 얼른 휴대전화를 꺼냈다. 오빠는 내게 이런 일이 닥치면 섣불리 뛰어들지 말고, 비겁하게 도망치지도 말고, 증거를 수집하라고 가르쳤다. 말이 아니라 증거를 수집해야만 정의를 실현할 기회가 생긴다고 했다. 혹시라도 학교폭력을 당하게 되면 그때도 섣불리 대들거나 굴복하지 말고 꼼꼼하고 철저하게 증거를 쌓으라고 했다. 이제껏 그런 사건에 맞닥뜨린 적은 없었지만 나는 오빠에게 배운 대로 했다. 뒤로 물러서서 몸을 감추고는 학교폭력이 벌어지는 장면을 촬영했다.

그런데 촬영할수록 느낌이 이상했다. 아무리 봐도 학교폭력이 벌어지는 현장 같지 않았다. 학교폭력이라면 둘러싼 애들이 갇힌 애를 대상으로 주먹을 휘두르거나 막말해야 한다. 내 눈앞에서 펼쳐지는 장면은 정반대였다. 애들이 둘러싸고 있기는 하지만 말로 공격을 해대는 쪽은 쪼그려 앉은 아이였고, 둘러싼 애들은 황당해하는 기색이 역력했다. 나는 촬영을 멈췄다. 혹시 몰라 녹음 버튼을 누르고 휴대전화를 주머니에 넣었다. 그러고는 자연스럽게 그곳으로 다가갔다.

"잘못했다고 사과해!"

쪼그려 앉은 애가 사과하라는 말을 반복했다.

"무릎이라도 꿇을까?"

이명식이 빈정거리며 맞섰다. 이명식은 우리 반인데 성격이 거친 편이다.

"무릎 꿇고 사과해!"

"와~! 이거 듣던 거보다 더 또라이네."

"사과하란 말이야!"

"못하겠다면?"

끝없는 도돌이표가 달라붙는 대화였다. 나는 뒤에서 팔짱 끼고 구경하는 구찬민에게 다가갔다. 구찬민도 우리 반이고 나와 제법 가깝다.

"무슨 일이야?"

"명식이가 민들레꽃을 밟았거든."

"민들레꽃?"

"이상구가 두 손으로 보호하고 있는 꽃이 민들레야."

눈앞에서 벌어지는 심각한 사태와 민들레꽃이 어떤 관계인지 바로 이해되지 않았다.

"민들레를 밟았다고 저 난리란 말이야?"

"그러니까 미쳤다고 하지."

구찬민은 혀까지 찼다.

소문대로 이상한 애라고 여기며 그곳을 벗어나려는데, 김강산이 쏘아대는 말이 내 발목을 붙잡았다.

"옥상의 민들레꽃을 배웠잖아?"

걸음이 우뚝 멈췄다.

"생명을 구하는 꽃을 함부로 짓밟고도 미안하지 않아?"

조금 전까지 내가 느꼈던 뭉클한 감정이 다시 꿈틀거렸다.

"이 새끼야, 네가 선생이야?"

이명식은 단단히 화가 난 듯했다.

"네까짓 게 뭔데 나를 가르치려 들어?"

이명식이 주먹을 쥐었다. 바닥에 쪼그려 앉은 채 자신을 노려보는 김강산을 향해 주먹을 날리려고 했다.

"야, 야, 때리지 마."

"그러다 학교폭력으로 신고당해."

주변 애들이 급히 이명식을 말렸다.

"야, 가자. 가!"

"냄새나는 놈은 그만 상대해."

주변 친구들 손에 이끌려 이명식은 그 자리를 떴다.

바닥에 쪼그린 채 사라지는 이명식을 노려보는 김강산 눈에 증오가 서렸다. 구경꾼들도 하나둘씩 사라지고 나만 남았다. 나는 차마 그 자리를 뜰 수 없었다.

쪼그려 앉은 김강산 손이 느리게 움직였다. 천천히 바닥을 어루만졌다. 그제야 짓밟힌 민들레가 보였다. 꽃망울은 노란 핏물을 흘리며 으스러졌고, 줄기와 잎은 짓이겨져 형체를 알아볼 수 없었다. 실수로 밟은 게 아니었다. 죽여 없애려고 일부러 힘주어 밟은 게 확실했다. 생명을 다해버린 민들레와 소설 속 장면이 겹치자 아릿한 촉감이 감각세포를 예민하게 찔러대는 것 같았다.

죽은 민들레를 쓰다듬던 김강산 손이 파르르 떨렸다.

'설마!'

눈이 축축해지더니 눈물이 또르르 흘러내렸다. 생명을 다한 민들레를 추모하는 눈물이었다. 진한 이별도, 애달픈 슬픔도 겪어본 적이 없어서 그 감정이 낯설기만 했다. 더구나 사람도 반려동물도 아니고, 한낱 꽃 한 송이에 슬피 우는 감정은 헤아릴 엄두조차 나지 않았다.

'그래도 그렇지. 민들레가 죽었다고 저렇게 서럽게 울다니…….'

하염없이 우는 김강산을 보며 나는 돌하르방처럼 한참을 그렇게 서 있었다. 보미와 유미가 나를 부르지 않았다면 아마 김강산이 그 자리를 뜰 때까지 그대로 있었을 것이다. 내가 그 자리를 뜬 뒤에 얼마나 더 김강산이 그곳에 머물렀는지는 모른다. 아스팔트 틈새를 힘겹게 비집고 자라다 죽은 민들레를 위해서 김강산이 무엇을 했는지도 모른다.

그날 느꼈던 기묘하고 낯선 감정은 한동안 긴 여운을 남기며 나를 흔들었지만, 일상은 그 감정이 남긴 흔적을 희미하게 흩어놓았다.

풀 죽은 보미와 방방 뛰는 유미 덕분에 묻어두었던 기억이 다시 떠올랐지만, 그때 받았던 강렬한 충격을 굳이 말하지는 않았다. 이 상황에서 내가 김강산에 대한 첫 기억을 좋게 말한들 공감받기도 어렵고, 무엇보다 나와 보미는 처지가 다르기 때문이다. 앞서 말했듯이 나는 냄새를 못 맡는다. 반면에 보미는 후각이 예민하다.

보미가 우리 집에 놀러 왔을 때 엄마가 만드는 카레 요리에 들어간 향신료를 냄새만으로 거의 다 맞춰서 깜짝 놀랐다. 냄새를 전혀 못 맡는 나는 그런 보미가 초능력자처럼 보였다. 보미는 냄새만 맡고 학교 급식에 들어간 재료를 척척 맞출 뿐만 아니라, 어떤 재료를 넣으면 향이 더 좋아지는지 덧붙이기도 한다.

냄새에 예민한 보미 때문에 내 흑역사가 만들어지기도 했다. 작년에 유미네 집에서 셋이 어울려 놀 때였다. 나도 모르게 방귀가 살짝 나왔다. 방귀 뀐 나도 거의 느끼지 못할 만큼 아주 살짝 나온 방귀였다. 그런데 보미가 곧바로 알아차렸다.

"너, 방귀 뀌었지?"

나는 재빨리 발뺌했다. 소리도 안 났고, 어차피 나는 냄새도 못 맡으니 뻔뻔하게 굴었다.

"네가 뀌었잖아!"

보미가 싱글거리며 나를 계속 범인으로 지목했다.

"안 뀌었다니까? 증거 있어?"

"방귀 냄새 속에 네가 아침에 먹었다고 자랑한 소갈비 냄새가 나. 우리 셋 가운데 아침부터 소갈비를 먹은 사람은 너밖에 없으니 네 방귀가 맞아."

하도 어이가 없어서 그냥 인정하고 말았다.

코가 예민한 보미는 악취를 피하려고 늘 향수를 챙겨 다녔다. 그런 보미에게 김강산은 가장 안 좋은 짝꿍이었다. 김강산의 별명인 '이상구'는 '이상한 구린내'를 뜻한다. 나야 냄새를 못 맡으니 그 별명이 왜 생겼는지 알 도리가 없지만, 우리 반 애들이 김강산 근처만 지나가면 이상한 냄새가 난다고 투덜대는 걸 여러 번 봐서 대충 짐작이 간다. 냄새뿐 아니라 기괴한 짓도 많이 해서 여자애들은 김강산을 다 싫어했다.

분위기가 그렇다 보니 많은 애들이 김강산을 함부로 대했다. 특히 이명식은 민들레꽃 사건 이후 이상한 소문을 마구잡이로 퍼트렸다. 또 같이 어울리는 최기현, 박대수, 구찬민, 신영호와 함께, 선생님이 문제 삼지 않을 만한 수준에서 김강산에게 못되게 굴었다. 여자애 중에선 전주혜가 앞장섰다. 전주혜는 같은 무리인 황승예, 권은희와 함께 김강산을 놀려댔다. 무리 중 한 명인 장혜영은 가담하지 않고 수수방관했다. 조금만 심하면 선생님께 신고하려고 했지만, 폭력이라고 하기에는 애매해서 그냥 지켜볼 수밖에 없었다.

여자애들은 1학년 때부터 다들 김강산이 어떤지 알았기 때문에, 2학년이 되어 짝꿍을 정할 때 어떡하든 김강산만은 피하려고 했다. 나는 냄새를 못 맡으니 다른 애들처럼 꺼려지지는 않았지만, 그렇다고 다들 싫어하는 남자애와 짝꿍이 되고 싶은 마음은 없었다. 짝꿍이 발표되는 날 다들 긴장하며 간절하게 행운을 빌었다. 그리고 추첨 결과, 재수에 곰팡이가 핀 애는 연수였다. 다들 안도했고, 연수는 죽을 듯이 절망했다.

3월 내내 연수는 힘들어했다. 김강산은 소문보다 더한 모양인지 시간이 갈수록 연수는 괴로워했고, 4월이 되면서부터는 우울증을 호소할 지경에 이르렀다. 담임 선생님과 수없이 상담하고, 엄마가 학교로 직접 찾아오기도 했다. 담임 선생님은 매우 곤란한 처지에 몰렸다. 김강산을 혼자 앉히면 대놓고 왕따를 용인하는 꼴이라 선생님이 선택할 수 없는 방법이었다. 우리 반은 남녀 숫자가 정확히 맞아떨어져 김강산을 혼자 앉히려면 다른 한 사람도 혼자 앉아야만 한다. 하지만 혼자 앉길 원하는 사람은 아무도 없었다. 남자끼리 짝꿍을 시키면 여기저기서 동성끼리 짝꿍을 시켜달라는 요구가 빗발칠 가능성이 커서 그 선택도 쉽지 않았다. 또 김강산을 짝꿍으로 받아들일 남자애도 없었다.

고민에 고민을 거듭한 끝에 담임 선생님이 찾은 해결책이 바로 보미였다. 왜냐하면 보미는 우리 반에서 가장 순한 모범생이기 때문이다. 보미는 책을 늘 가까이하고, 장래에 작가가 되려는 문학소녀라서 누구보다 학교생활을 착실하게 했다. 툭하면 제멋대로 아무 옷이나 입고 오는 나와 달리 보미는 정해진 교복을 단정하게 입고 다녔다. 학교 규칙은 사소한 것 하나도 어기지 않았다. 친구들에게 배려도 잘하고, 남들이 꺼린 일에 솔선수범하며 나섰다. 보미는 내가 절대 흉내 내지도 못할 만큼 착하다. 그래서 담임 선생님이 보미에게 긴 글을 보내며 부탁한 것이다.

담임 선생님은 고민 끝에 건넨 부탁이겠지만, 보미에게는 끔찍한 시련이었다. 거절할 수도 없고, 받아들일 수도 없었다. 김강산이 다른 애들에게 이상한 취급을 당하는 것에 휘둘리고 눈치 볼 보미는 아니었다. 문제는 앞서도 말했지만 바로 냄새였다. 우리 학교에서, 아니 어쩌면 우리가 사는 도솔시에서 가장 예민한 코를 지닌 보미에게, 이상구로 불릴 만큼 이상한 냄새가 나는 짝을 옆에 두고 지내라는 것은 고문에 가까운 형벌이었다.

"어떡하든 참아봐야지, 뭐."

보미 말에서 씁쓸한 맛이 느껴졌다.

교실 안에서 밝게 떠드는 연수 목소리가 복도에서도 들렸다. 보미는 복도에서 향수를 잔뜩 뿌리더니 심호흡까지 하고 나서야 교실로 들어섰다. 김강산과 짝꿍이 된 뒤에 늘 시지근한 밥을 입에 넣고 다니는 듯하던 연수는 완전히 다른 사람이 되어 있었다. 한 사람은 햇살과 물을 받으며 활짝 핀 꽃이었고, 한 사람은 뿌리가 뽑혀 시들어가는 꽃이었다.

새 짝꿍이 생겼지만 김강산은 보미에게 아무런 관심을 보이지 않았다. 보미는 최대한 김강산과 멀리 떨어져 앉았다. 그래 봐야 한 뼘

거리지만 어떡하든 버텨보겠다는 다짐이 담긴 몸짓이었다. 보미는 잔뜩 찌푸린 채 김강산 옆자리를 견뎠다. 착한 보미가 아니면 해내지 못할 용기였다. 보미는 힘들어하면서도 틈만 나면 몰래몰래 향수를 뿌리면서 버텼다. 아슬아슬했지만 오전은 무사히 지나갔다. 점심시간에 유미와 나는 보미를 있는 힘껏 위로했다. 나름 잘 보냈다고 생각했는지 보미는 얇은 웃음까지 지었다. 그대로 하루가 지나갔다면, 어쩌면 걱정과 달리 보미는 그 착한 심성으로 김강산 짝꿍이라는 역할을 꿋꿋하게 버텨냈을지 모른다. 그러나 아슬아슬하던 줄타기는 5교시에 툭 끊어지고 말았다.

오월 햇살이 여름이라도 만난 듯 뜨거운 5교시였다. 에어컨이나 선풍기를 틀기에는 애매한 날씨였다. 답답함을 견디지 못한 애들이 눈치를 보다가 창문을 열었다. 다행히 미세먼지는 별로 없었다. 환기가 되자 지루함에 지쳐가던 교실에 다시 생기가 돌았다. 그런데 문제가 생겼다. 맑고 신선한 공기와 함께 벌 한 마리가 들어왔기 때문이다.

"꺄악, 벌이야!"

권은희가 요란스럽게 자리를 박차고 일어났다. 의자는 넘어지고 책과 연필이 바닥으로 떨어졌다. 벌은 애들 머리 위로 무섭게 날아다녔고, 애들이 도미노처럼 넘어지고 엎어졌다.

"어머나!"

김민정 선생님도 놀라서 넘어질 뻔했다.

나는 벌 한 마리에 호들갑 떠는 꼴이 우습기만 했다.

"어딨어? 어딨어?"

이명식과 최기현을 비롯한 남자애들 몇 명이 책을 들고 벌을 잡겠다고 뛰어다녔다. 침입자에 맞서 싸우는 영웅처럼 교실을 헤집고 다녔다. 모두 한마음이 되어 작은 벌 한 마리를 죽이려 들었다.

"그러지 마!"

갑자기 김강산이 이명식에게 달려들었다. 벌을 향해 책을 휘두르려던 이명식이 김강산에게 밀려서 넘어졌다.

"너, 뭐야?"

"쟤, 왜 저래?"

여기저기서 김강산을 향한 비난이 쏟아졌다.

"죽이지 마! 그냥 내보내면 되잖아."

김강산은 쏟아지는 원성에도 아랑곳하지 않았다.

"저 새끼 저거, 또 지랄이야."

이명식이 일어나며 욕을 내뱉었다.

"야, 김강산! 뭐 하는 짓이야?"

김민정 선생님까지 야단쳤지만, 김강산은 들은 척도 않고 벌을 공격하려는 애들을 막았다. 김강산이 워낙 매섭게 굴어서 다들 한 걸음씩 뒤로 물러섰다. 그 바람에 김강산 둘레가 텅 비었다. 그때 믿기지 않는 일이 벌어졌다. 죽을힘을 다해 피해 다니던 벌이 빙그르르 돌더니 마치 꽃에 내려앉듯이 김강산 손등에 내려앉았다. 벌에 쏘이지 않을까 걱정했지만, 김강산은 그 어느 때보다 편안해 보였다. 김강산은 벌이 앉은 손을 가만히 든 채 천천히 창문 쪽으로 걸어갔고, 애들은 화들짝 놀라며 길을 비켰다. 김강산이 열린 창문으로 손을 내밀자 벌은 손 둘레를 한 바퀴 돌더니 밖으로 날아갔다.

벌을 살려서 내보낸 김강산은 그 어느 때보다 행복해 보였다. 그 표정이 죽은 민들레를 쓰다듬으며 눈물 흘리던 모습과 겹쳤다. 자기 목숨을 위협하는 온갖 인간들을 피해 정신없이 도망치던 벌이 김강산 손등에 거리낌 없이 내려앉던 장면까지 떠오르자 아랫배에서 기묘한 이질감이 요동쳤다. 어린 시절 딱 한 번, 강렬하게 느꼈던 그 기운이었다. 그게 언제인지도 모르고 분명히 한 번뿐이었지만 조금 전에 겪은 듯 생생한 감각이었다.

'언제였지? 이 감각은 분명히 익숙한데……'

기억을 더듬으며 시간을 거슬러 가는데 안개처럼 뿌연 순간이 다가왔다. 안개 속으로 들어가니 그때가 손에 잡힐 듯 가까이 다가왔다. 그러나 내 시간여행은 괴성과 함께 깨졌다.

"아아아악~!"

보미가 의자와 함께 넘어졌다.

"벌레, 벌레, 벌레!"

손을 휘저으며 어깨를 터는 보미 얼굴이 새파래졌다.

보미가 심하게 발버둥 쳐서 제대로 보이지는 않았지만, 어깨에 벌레가 앉은 모양이었다. 그때 보미 앞에 있던 전주혜가 재빨리 다가가서 공책으로 보미 어깨를 쳤다. 초록빛이 교실 허공을 가르며 날아갔다. 초록빛 벌레는 하필이면 이명식 바로 앞에 떨어졌다.

"죽이지 마!"

김강산이 이명식을 향해 뛰어갔다. 그러나 이명식은 듣는 척도 안 하고 바닥에 떨어진 벌레를 짓밟았다.

"죽였어!"

이명식이 의기양양하게 소리쳤다.

나도 가만히 있을 수는 없었다. 재빨리 보미에게 다가갔다. 그 사이에 김강산은 이명식에게 그대로 달려들더니 힘으로 이명식을 밀쳐냈다. 이명식은 김강산에게 떠밀려 책상과 함께 넘어졌다. 나는 보미를 껴안았다. 김강산은 바닥에 무릎을 꿇었다.

"괜찮아. 괜찮아."

나는 보미 어깨를 쓰다듬으며 위로했다. 보미는 한겨울 들판에 내던져진 아기처럼 떨었다.

"저 새끼가 정말!"

이명식이 주먹을 쥐었다.

"흑흑."

김강산은 바닥에 무릎을 꿇고 앉아 서럽게 울었다.

"으아앙."

보미도 소리 내어 울었다.

"너희들 수업시간에 뭐 하는 짓이야?"

김민정 선생님이 교탁을 내리치며 고함을 질렀다.

김강산은 죽은 벌레가 남긴 흔적을 쓰다듬으며 서럽게 울었고, 보미는 눈물을 흘리며 나를 껴안았다. 쓰러진 김강산 책상 옆으로 뚜껑이 열린 작은 통이 보였다. 김강산이 벌레를 저 통에 보관했었는데, 벌이 들어오는 소란통에 뚜껑이 열려 벌레가 보미에게 달려든 듯했다. 참 얄궂은 우연히 겹쳐 벌어진 사건이었다. 그러고 보니 연주도 김강산이 자꾸 벌레를 잡아다 책상 안에 넣는다며 하소연을 늘어놓은 적이 있다. 김강산이 벌레를 잡아 온 게 한두 번이 아닌 것 같았다. 보미는 벌레라면 기겁한다. 냄새도 견디기 힘든데 벌레까지 늘 곁에 두는 짝꿍이라니, 보미에게 김강산은 끔찍한 형벌이자 고문이었다.

보미는 점점 서럽게 울었다. 김강산도 서럽게 울었다. 두 울음이 교실을 슬픔으로 짓눌렀다.

"괜찮아. 괜찮아."

아무래도 김강산 짝꿍은 내가 해야 할 듯했다.

"내가 자리 바꿔줄 테니까 이제 그만 울어."

나는 보미 등을 쓰다듬으며 그렇게 말할 수밖에 없었다. 조금 꺼려지긴 하지만 벌레와 냄새는 내게 아무런 문제가 되지 않아서 그리 걱정하지는 않았다. 그 선택이 내 인생을 송두리째 바꿔버린다는 걸 그때는 미처 알지 못했다.

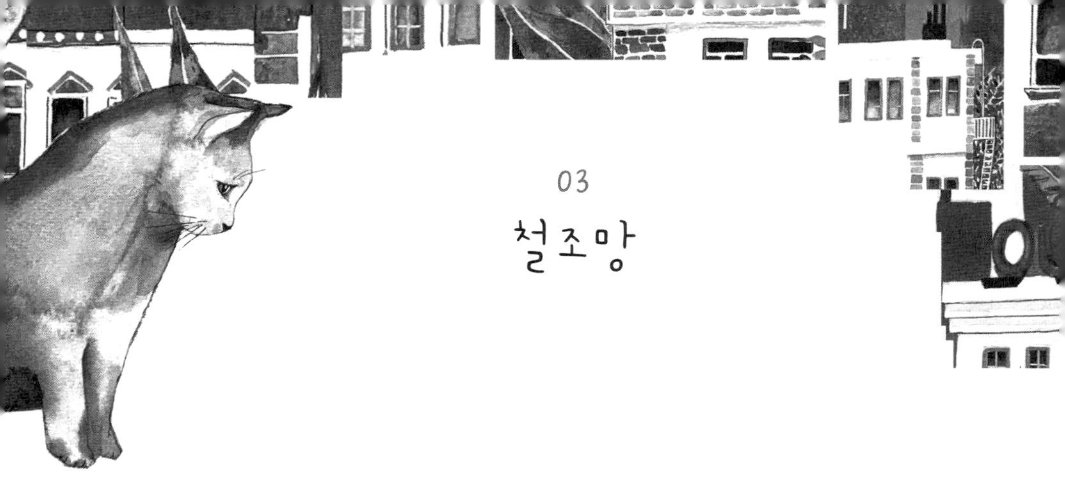

03
철조망

김강산과 짝꿍이 되어도 내 생활은 별로 나빠지지 않았다. 나빠지기는커녕 담임 선생님은 나를 우정 깊은 친구라고 칭찬하고, 보미는 나와 더 가까워졌으니 좋아진 셈이다. 반 애들도 내가 보미를 위해 자리를 바꿔준 걸 알아서 더 잘해주었다. 김강산은 점심시간이 끝날 때쯤이면 늘 벌레를 잡아 왔다. 나는 김강산과 가까워지고 싶은 마음은 없었기 때문에 인사도 건네지 않았고, 그냥 없는 사람 취급하며 지냈다. 자기한테서 나는 냄새를 싫어하지도 않고, 벌레를 책상 위에 늘어놓아도 아무렇지 않은 나를 보며 오히려 김강산이 나를 이상하게 쳐다본 적은 몇 번 있었다. 내가 무관심하게 대하니 김강산도 차츰 나를 없는 사람 취급했다.

잠시 교실에 평화가 찾아왔지만, 안타깝게도 평화는 그리 오래가지 못했다. 벌레 사건에서 두 번이나 김강산에게 밀려 넘어진 이명식이 남자애들을 계속 선동했기 때문이다. 보미 어깨에서 벌레를 쳐낸 일로, 나중에 김강산에게 지독한 욕을 들은 전주혜도 이를 갈았다. 안 그래도 김강산을 놀리고 싫어하던 애들은 점점 더 못되게 굴었다. 예전과는 확실히 달랐다. 그전에는 학교폭력으로 보기 애매했지만, 그때부터는 학교폭력이라고 할 수밖에 없는 짓들이 늘어났다.

"침묵도 범죄야."

오빠에게 수도 없이 들었던 말이다.

오빠는 어릴 때부터 정의감이 넘쳤다고 한다. 물론 내 기억에 오빠가 다른 사람과 싸운 사건은 없다. 엄마 말로는 오빠가 초등학생 때는 꽤 싸움을 많이 했다고 한다. 모두 약한 애들을 괴롭히는 놈들에게 맞서다가 벌어진 싸움이었다. 엄마가 싸우지 말라고 여러 번 말렸지만, 오빠는 그냥 두고 볼 수 없다면서 끝까지 고집을 부렸다고 한다. 불의를 보고 못 본 척하지 않는 오빠가 군인이 되고 싶다고 했을 때 엄마는 무척 기뻐했다. 사회에서 생활하면 불의한 일을 보고 견디지 못하겠지만, 군인이라면 괜찮겠다고 여겼기 때문이다.

아무튼 그런 오빠 밑에서 자랐고, 오빠가 내 교육을 책임졌기에 나는 불의와 폭력에 대한 교육을 수없이 많이 들었다. 내가 그렇게 정의로운 사람도 아니고, 보미처럼 규칙을 잘 지키는 모범생도 아니지만, 짝꿍이 당하는 부당한 일들을 계속 모른 척할 수는 없었다.

"그러지 마."

보미가 나를 말리지 않았다면 아마 학교폭력으로 반 친구들을 몽땅 신고했을지도 모른다.

"대놓고 때리고 괴롭힌 게 아니니 대부분 반성문 몇 장 쓰고 말 거야. 그 뒤에 애들이 너를 어떻게 대하겠어?"

"그래도 저런 짓을 내버려 두면 안 되잖아."

"나도 이명식이랑 전주혜가 벌이는 짓이 꼴 보기 싫어."

보미는 나보다 착하고 심성이 곱다. 보미 말이 진심임을 믿었다.

"그렇지만 네가 나선다고 문제가 완전히 해결되는 것도 아니고, 도리어 너만 곤란해질 거야. 네가 나선다고 이상구가 고마워하지도 않을 거고."

나는 고마움 따위는 바라지 않았다. 오빠는 보상을 바라고 정의로운 행동을 하면 안 된다고 수없이 내게 강조했다.

"이상구를 봐. 이상구가 괴롭힘을 당하는 애 같니? 이상구는 네 도움 따위는 필요치 않고, 원하지도 않아."

따지고 보니 보미 말이 맞았다. 아무리 봐도 김강산은 괴롭힘을 당하는 애들에게서 흔히 나타나는 반응이 없었다. 학교생활도 달라지지 않았고, 자기 방식으로 생활하는 데 아무런 거리낌도 없었다. 문제를 느끼지 못한다기보다는 아예 문제 되지 않는 듯했다. 어쩌면 김강산은 내 짐작보다 훨씬 내면이 강한지도 모르겠다. 아니면 감정이나 감각이 우리와는 결이 다를 가능성도 있다. 그제야 김강산을 제대로 알고 싶다는 궁금증이 생겼다. 얼마 뒤, 김강산에 대해 제대로 알아봐야 겠다고 결심하는 사건이 일어났다.

4교시 사회수업이었다. 선생님이 지구온난화와 환경파괴에 대한 설명을 간단히 하더니 영상 한 편을 틀어주었다.

"와, 아마존이다."

사진만 보고 몇몇 애들이 아는 체했다. 틈만 나면 잘난 척하는 애들이 귀엽게 느껴졌다. 영상에서는 한동안 하늘에서 내려다본 아마존이 펼쳐졌다. 푸르른 강과 진한 초록빛 숲은 무척 아름다웠다. 저절로 마음이 편안해졌다. 조금 뒤, 1년이 지난 시점에 같은 곳을 찍은 영상이 나왔다. 황토색 위로 먼지만 풀풀 날렸다. 아름다운 숲이 황무지로 망가진 것이다. 숲이 황무지가 된 까닭은 곧 드러났다. 무분별한 벌목이 원인이었다. 기계톱과 불도저 앞에서 숲은 힘없이 무너져 내렸다. 저런 무책임하고 잔인한 짓을 벌이는 사람들이 미웠다. 그러나 이어진 영상을 보고는 혼란에 빠지고 말았다.

"여러분이 먹은 고기 한 점이 방금 아마존에서 나무 한 그루를 사라지게 했습니다."

그 문장을 듣는 순간 머리가 멍해졌다. 아마존 숲이 사라지는 이유 중 80%가 육류 섭취 때문이라고 하니, 고기 한 점이 나무 한 그루를 사라지게 한다는 표현은 비유가 아니라 현실이었다.

"먹이 사슬이 한 단계 올라갈 때마다 에너지 효율은 90%가 떨어집니다. 소를 키우기 위해 100이라는 에너지를 쓴다면 인간은 그 가운데 겨우 1밖에 섭취하지 못합니다. 풀이 100이라면 소가 얻는 에너지는 10, 사람이 얻는 에너지는 1이기 때문이죠. 여러분이 먹는 고기로 인해 아마존은 파괴되고 있습니다."

뒤이어 소나 돼지를 대규모로 사육하는 '공장식 축산'이 환경에 얼마나 악영향을 끼치는지를 증명하는 통계자료가 제시됐다. 가축을 사육하면 메탄가스가 많이 발생한다. 메탄가스는 지구온난화를 일으키는 주범인 이산화탄소보다 환경에 20배나 더 나쁜 영향을 주고, 가축이 쏟아내는 배설물은 지구온난화뿐만 아니라 수질과 공기도 오염시킨다고 했다. 육식이 지구를 망가뜨리는 원흉이었다.

마치 나를 겨냥해서 만든 영상 같았다. 고기가 없으면 밥을 안 먹는 내가 바로 아마존을 파괴하고, 지구를 망가뜨리는 주범이었다. 마음이 무거웠다. 속이 답답해졌다. 영상이 끝나고 모둠활동이 이어졌다. 영상을 본 감상을 정리한 후 식습관을 어떻게 바꿀지 다짐하고 발표하는 과제가 나왔다.

모둠활동에서 나오는 말들은 뻔했다. '고기를 적게 먹겠다, 지구에게 미안하다' 같은 정해진 결론뿐이었다. 그 영상을 보고 다른 말을 하기는 어려웠다. 나는 평소와 달리 의견도 제대로 내지 못했다. 지금 당장 고기를 즐기는 습관을 바꿀 자신은 없었다. 그렇다고 고기를 탐하는 내 식욕이 지구를 파괴한다는 지적을 외면하기도 힘들었다. 의견을 안 낸다고 구박까지 받았지만 어쩔 수 없이 침묵을 택했다. 그게 내

최선이었다.

수업이 끝나고 급식 시간이 다가왔다. 식당으로 가는데 보미가 손뼉을 치며 좋아했다.

"후추와 허브로 밑간을 한 스테이크야."

식단표를 보고 이미 알고 있었지만 '스테이크'라는 말에 나도 모르게 입에 침이 고이고 울적했던 기분이 나아졌다.

'뭐야, 몇 분 전에 날 괴롭히던 그 찝찝함을 벌써 잊은 거야?'

맛있는 고기를 떠올리자마자 감정이 바뀌는 나 자신을 보고 놀랐다. 그러나 자책은 오래가지 않았다. 냄새가 진해졌는지 애들은 급식실이 가까워질수록 호들갑을 떨었고, 직접 눈으로 스테이크를 확인하자 내 혀가 내 뇌를 지배했다. 아마존도 지구도 이미 머릿속에서 사라지고 없었다. 나는 잘 구워진 큼지막한 스테이크를 한 점 받아서 친구들과 모여 앉았다. 학교급식실에서 나온 요리라고는 믿기지 않을 만큼 맛이 뛰어났다. 이곳저곳에서 감탄이 쏟아졌고, 식탁 위에서 맛과 수다가 풍성하게 피어났다.

"저 새끼 뭐야?"

거친 말이 나오는 쪽을 봤다.

"야, 더럽게!"

요란한 소란이 일었다. 의자가 넘어지고 김강산이 두 손으로 입을 가리며 벌떡 일어섰다.

"여기서 토하지 마!"

김강산은 두 손으로 입을 꾹 잡은 채 식판 반납대로 뛰어갔다. 반납대까지 간 김강산은 잔반 모음통에 구토했다.

"꾸에엑! 끄으윽."

맛있게 스테이크를 먹던 애들이 기겁했다. 비위가 약한 애들은 구토하는 소리만 듣고도 낯빛이 변했다.

"야, 더러운 새끼야!"

이명식을 비롯한 많은 남자애들이 욕을 퍼부었고, 여자애들도 더럽다며 비난했다. 그러나 아무도 김강산에게 다가가지는 않았다. 김강산은 거친 숨을 몰아쉬더니 휴지로 입을 닦고, 물로 입을 헹군 뒤 자기 자리로 돌아왔다. 근처에 있던 애들이 황급히 피했다. 김강산은 식판을 들더니 그대로 반납대에 올려놓았다. 모든 눈이 김강산을 향했다. 김강산은 반납대에 서서 급식실에 앉은 애들을 쓱 둘러봤다. 김강산은 경멸과 짜증이 섞인 수많은 눈동자를 피하지 않았다.

김강산은 급식실을 빠져나갔고, 어수선하던 급식실은 곧 정상을 되찾았다. 그러나 나는 조금 전처럼 편하게 스테이크를 즐길 수 없었다. 김강산이 구토한 이유를 조금은 알 듯했기 때문이다. 육식을 즐기려는 욕망과 지구에 미안한 마음이 뒤엉키며 일으킨 혼란이 온전히 맛을 즐기지 못하게 방해했다. 그렇다고 스테이크를 남기지는 않았다. 내 욕망을 이겨내기에는 내 의지가 한없이 약했다.

교실로 돌아왔는데 역시 김강산은 자리에 없었다. 점심시간이면 김강산은 늘 사라졌다. 김강산이 점심시간에 어디서 무엇을 하는지 아무도 몰랐다. 나는 친구들에게 양해를 구하고 김강산을 찾아다녔다. 학생들이 많은 운동장과 주변 정원에 김강산이 있을 가능성은 낮기에 학교 뒤편으로 갔다. 학교 뒤를 샅샅이 뒤져도 김강산은 보이지 않았다. 체육관 뒤로 가면 높은 철조망 건너에 잡풀과 나무가 우거진 작은 동산이 있다. 늘 벌레를 잡아 오니까 그곳에 있을 가능성이 컸다. 그 동산으로 가려면 높은 철조망 울타리를 뛰어넘거나 정문으로 돌아가야 하는데 그건 불가능했다. 철조망 울타리는 내가 뛰어넘기에 지나치게 높았고, 점심시간이면 경비가 더 철저해서 정문으로 나갈 수도 없었다. 혹시 내가 모르는 통로가 있는지 찾아봤지만, 울타리에는 작은 구멍조차 없었다. 점심시간이 거의 끝나서 포기하고 돌아가려는데 철조망 건너편 수풀에서 부스럭거리는 소리가 들렸다. 길게 자란 풀이 흔들리더니 사람 손이 불쑥 튀어나왔다.

"어맛!"

놀라서 풀썩 주저앉았다.

"야, 김강산! 너 거기서 뭐 해?"

서로 말을 거의 섞지 않아서 이름을 함부로 부르거나 말을 놓을 사이는 아니었지만 놀란 탓에 의도치 않은 말투가 튀어나왔다.

김강산은 바닥에 넘어진 나를 힐끗 보더니 철조망 울타리를 오른손으로 움켜잡았다. 그러고는 마치 청설모가 나무를 타듯이 철조망을 타고 올랐다.

"가시철조망이야. 위험해!"

철조망 울타리 꼭대기에는 가시철조망이 두 가닥 길게 뻗어 있어서, 가시에 찔리지 않고 넘어올 방법이 없었다. 그러나 김강산은 내 예상을 벗어난 몸놀림을 보였다. 철조망 울타리 꼭대기에 다다르자 철조망 기둥을 손으로 잡더니 몸을 휙 돌려서 공중제비를 돌며 안으로 뛰어내렸다. 낮게 잡아도 250cm가 넘는 높이였지만 김강산은 가볍게 바닥에 내려섰다.

어이가 없어서 말이 안 나왔다. 그때까지 나는 바닥에 주저앉은 상태였다. 김강산이 내게 손을 내밀었다. 손을 잡을지 말지 잠시 망설였다.

'야, 공나빈! 너 왜 이래? 유치하게.'

김강산이 내민 손을 잡았다. 손이 거칠고 투박했다. 청소년에게 어울리는 손이 아니었다. 수십 년 동안 기계를 만진 우리 아빠와 닮은 손이었다. 손을 놓은 뒤에도 촉감이 사라지지 않고 진한 여운을 일으켰다.

김강산은 성큼성큼 교실로 걸어갔다. 나는 교복에 묻은 먼지를 털면서 김강산을 따라갔다.

"너, 저기서 뭐 한 거야?"

김강산은 아무 대꾸도 하지 않고 더 빨리 걸었다.

"급식실에서는 왜 토했어?"

역시 대답이 없었다.

"고기를 먹는 게 역겹니?"

김강산이 갑자기 걸음을 멈추는 바람에 등에 부딪힐 뻔했다.

"지구에 미안한 거야?"

여전히 답이 없었다.

"나도 영상을 보고 찜찜했어. 나는 엄청 고기를 좋아하거든. 솔직히 오늘처럼 고기를 맛없게 먹기는 처음이었어."

뒷모습에서 단단한 바위가 떠올랐다.

"너랑 짝꿍이 된 지 꽤 됐는데, 계속 모른 척해서 미안해."

"피차 마찬가지야."

"내 이름은 알지?"

"알아."

김강산은 내 쪽은 쳐다보지도 않고 내 말을 계속 받았다.

"저기로 넘어가서 벌레를 잡아 왔던 거야?"

김강산은 대답 없이 다시 걸음을 옮겼다.

"대답 안 할 거야?"

"점심시간이 끝나 가."

괜히 울화가 치밀었다.

"어휴, 저걸 그냥."

뒤를 쫓으며 계속 투덜댔지만, 김강산은 들은 척도 하지 않았다.

그렇게 교실로 돌아왔고, 더는 김강산과 말 섞을 기회를 찾지 못했다. 다른 애들이 보는 데서 김강산과 이야기를 나누고 싶지는 않았다. 쉬는 시간이 되자 애들은 김강산 앞을 지날 때마다 구토하는 시늉을 했다. 그러거나 말거나 김강산은 미동조차 하지 않았다.

그날은 엄마와 아빠가 모두 집에 없었다. 엄마는 야근 때문에 늦는다고 하고, 아빠는 또 출장을 갔기 때문이다. 유미와 보미는 저녁 10시까지 학원 수업이 꽉 차 있어서 같이 놀 수가 없었다. 나는 학원이 아예 없는 날이라 혼자 집에 있어야 했다. 혼자 저녁을 챙겨 먹으려고 준비하는데, 나윤 언니한테서 전화가 왔다. 지나가는 길이라고 하더니 엄마가 있는지 물었다.

"나 혼자야."

"혼자서 뭐 해?"

"저녁 먹으려고 준비 중이지."

"먹을 건 있어?"

"냉동실에 대패삼겹살이 있어."

"엄마 있으면 보고 가려고 했더니……."

언니가 전화를 끊으려 했다.

"처제."

갑자기 남자 목소리가 들렸다.

"오빠, 왜 그래?"

언니가 말렸다.

"가만있어 봐. 처제가 집에 혼자 있다잖아."

언니 남자친구는 언니와는 다르게 친절하고 상냥하다.

"처제!"

"형부! 안녕하세요."

나는 언니 애인을 늘 '형부'라고 부른다. 일부러 애교도 많이 섞는다.

"우리 예쁜 처제가 집에서 혼자 저녁을 먹으면 안 되지. 형부가 맛있는 저녁 사줄까?"

"히히, 역시 우리 멋진 형부밖에 없어요."

"오빠, 나빈이 고기 그만 사줘."

"좋아하는데 먹어야지."

둘이 옥신각신했지만 승부는 금방 형부 쪽으로 기울었다. 나는 대패삼겹살을 재빨리 냉동실에 다시 넣고 밖으로 나갔다. 형부는 비싼 소고기를 파는 가게로 나를 데려갔다. 사회수업과 김강산이 떠올라 잠시 망설였지만, 고기를 향한 욕망을 멈추기에는 역부족이었다. 내 의지는 촛불처럼 약하고, 식탐은 용암처럼 강렬했다. 더구나 형부가 베푸는 정성을 거부할 수는 없었다.

찜찜한 기분을 날릴 만큼 맛있게 소고기를 먹고 즐거운 대화를 나누었다. 언니는 나를 못마땅해했지만 언니 기분은 내 알 바가 아니었다. 형부는 언니보다 훨씬 마음이 넓고 부드러운 사람이었고, 나와 대화가 잘 통했다. 정이 없는 언니나 엄격한 오빠가 아니어서 더욱 편했다. 이런저런 이야기가 오가다가 우연히 김강산 이야기를 털어놓았다.

"그래서 처제는 어떻게 할 생각이야?"

"호기심이에요. 어떤 애인지 궁금해서 미치겠거든요."

"그럼, 직접 알아봐."

"그럴까요?"

"직접 그 애가 사는 집에 가봐. 다만, 혹시라도 가족관계에서 위험한 조짐이 보이면 재빨리 빠져나와. 무슨 뜻인지는 알지?"

"오빠는 나빈이가 얼마나 철부지인지도 모르고 그런 조언을 해?"

"괜찮아. 내가 보기에 처제는 누구보다 똑똑하고, 자기 주관이 강해."

"히히, 저도 형부가 언니보다 좋아요."

"어유, 저 여우."

형부가 제시한 해결책이 마음에 들었다.

나는 돌려 말하는 걸 싫어한다. 가까워지고 싶은 사람이 생기면 직진으로 다가간다. 눈치를 보거나 은근히 밑밥 까는 짓 따위는 하지 않는다. 초등학교 6학년 때 좋아하는 남자애가 있었다. 내가 곧바로 고백하겠다고 하자 보미와 유미가 보따리를 싸 들고 다니며 말렸다. 온갖 반대에 부딪혔지만 나는 내 고집대로 곧바로 고백했고, 시원하게 차였다. 남자애는 내가 싫다고 했다. 다른 여자애라면 그냥 그렇게 물러났겠지만 나는 이유도 모르고 물러나긴 싫었다. 그래서 왜 내가 싫은지 따져 물었다. 그 남자애는 한참 머뭇거리더니 여자가 먼저 고백하는 게 싫다고 했다. 어처구니가 없었다. 겨우 초등학교 6학년밖에 안 된 남자애가 그런 고리타분한 신념으로 나를 거부하다니. 조선시대 양반보다 못한 그 애한테 정나미가 뚝 떨어졌다. 보미와 유미는 내가 차이자 그것 보라며 잔소리했지만, 나는 시원하게 달려들어 감춰진 참모습을 볼 수 있었으니 도리어 내가 잘했다고 끝까지 주장했다.

나는 김강산에게도 같은 방식을 쓰기로 작정한 후 다음 날 곧바로 실행했다. 보미와 유미에게 양해를 구하고, 하교하는 김강산을 무작정 따라갔다.

"김강산! 너희 집에 놀러 가도 돼?"

나는 학교를 벗어나자마자 다짜고짜 물었다. 거절하면 어떻게 하겠다는 계획 따위는 없었다. 나는 직진이니까.

"……?"

김강산은 어안이 벙벙한 듯 입도 벙긋하지 못했다.

"지금 너희 집에 놀러 가면 안 돼?"

김강산은 내 의도를 어림하려는지 내 눈을 빤히 쳐다봤다.

"가면 안 되냐고?"

"너, 왜, 왜 그래?"

김강산이 더듬더듬 물었다.

"난 네 짝꿍이잖아."

나는 싱긋 웃었다.

"칫, 마음대로 해."

김강산이 체념한 듯 대답했다.

김강산이 버스에 타자마자 나도 재빨리 뒤따라 탔다. 버스에서 계속 수다를 떨었지만 김강산은 묵묵부답이었다. 그러거나 말거나 나는 줄기차게 떠들었다. 버스는 현수막이 잔뜩 걸린 아파트 공사 현장 앞에서 멈췄다. 현수막에는 '규탄, 보상, 결사투쟁' 같은 시뻘건 글자가 날름거렸다. 공사장 옆으로 난 오르막길을 걸었다. 아파트는 공사가 멈춘 지 오래된 듯했다. 삐죽삐죽 튀어나온 철근과 널브러진 건설 공구들이 으스스한 살기를 드러냈다. 콘크리트 덩어리에 숨은 어둠이 시퍼런 이빨을 드러내며 괴물처럼 튀어나올 것 같아서 얼른 김강산에게 다가가 팔을 붙잡았다.

"왜 그래?"

"저기, 무서워."

나는 아파트 공사장을 가리켰다.

"저긴 아무도 없어."

"그러니까 더 무섭잖아."

"사람이 없으면 무서워할 이유가 없어. 세상에 사람처럼 무섭고 잔인한 존재는 없으니까."

"쳇."

나는 김강산 팔뚝을 더 꽉 잡았다. 팔뚝에서 아빠 같은 단단함이 전해졌다. 평생을 공장에서 일하며 단련된 아빠 팔뚝을 만질 때마다 참 든든한데, 비슷한 촉감이 드니 강산이가 친근하게 느껴졌다.

아파트 공사장이 끝나자 낡은 집들이 지저분하게 다닥다닥 늘어선 동네가 나타났다. 그곳은 굵고 높은 이중 철조망 울타리로 외부와 완전히 단절된 동네였다. 일정한 간격으로 철제기둥이 높게 솟아 있고, 그 기둥마다 설치된 감시카메라와 조명탑이 시시각각 움직이며 외부에서 다가오는 사람을 감시했다. 외부 세계와 낡은 동네를 이어주는 유일한 길은 가시철조망을 두른 철문이 가로막고 있었다.

"저 안에서 살아?"

"무서우면 돌아가."

"아, 아니야."

그러면서도 나는 더 세게 강산이 팔을 끌어당겼다.

강산이가 철문 앞에 서자 문 양쪽에 설치된 감시카메라가 움직였다. 강산이는 문 옆에 달린 파란 상자를 열고 그 안으로 손을 집어넣었다. 10초쯤 지나자 철문이 자동으로 열렸다. 우리가 들어가자 감시카메라도 우리를 따라왔다. 열 걸음쯤 걷자 철문이 자동으로 닫혔다.

동네는 밖에서 본 것보다 더 엉망이었다. 벽과 지붕과 유리창이 온전한 집은 한 채도 없었다. 집마다 잡초와 잡목이 마당에 가득했다. 다행히 쓰레기가 쌓인 집은 한 곳도 없었다.

"이 동네에 다른 사람은 안 살아?"

강산이가 고개를 끄덕였다.

"이 넓은 동네에 너희 가족만 산다는 말이야?"

"그게 뭐 어때서?"

"무섭지 않아?"

"사람이 없으면 안 무섭다고 했잖아."

골목 곳곳에 설치된 감시카메라가 우리가 걸음을 옮길 때마다 따라서 움직였다.

"저 감시카메라는 다 뭐야?"

굳건하던 강산이 팔에서 미세한 떨림이 일었다.

"할아버지가 설치하신 거야."

"할아버지가 뭐 하시는 분인데 저 많은 감시카메라를 다 설치하셨다는 거야?"

강산이가 걸음을 멈췄다. 그러고는 둘레를 쓸쓸하게 둘러봤다.

"철조망이 둘러쳐진 이 동네 전체가 다 내 땅이야."

예상치 못한 답변에 놀라서 잡고 있던 팔뚝을 놓고 말았다.

"여기가 다 네 땅이라고?"

"지금은 온전히 내 소유가 아니야. 내가 성인이 되어야 내 앞으로 넘어와. 할아버지가 그렇게 조치해 놔서 아무도 못 건드려."

"너, 어마어마한 부자구나?"

"부자? 그게 뭔데?"

"너, 바보 아냐? 이렇게 엄청나게 넓은 땅이 다 네 땅이면 부자잖아."

"부럽니?"

"솔직히 안 부럽다고 하면 거짓말이지. 애들 소원 중 으뜸이 돈 많은 백수가 되는 건데, 너는 그걸 이미 이룬 거나 마찬가지잖아."

강산이는 쓰디쓴 뿌리라도 씹은 듯 인상을 찌푸렸다. 내 또래에게서는 찾기 어려운 짙은 어둠이었다.

"아버지를 죽인 죄책감 때문에 할아버지가 물려주신 땅인데, 너라면 좋겠니?"

조금 전 이곳이 자기 땅이라고 했을 때보다 몇 배는 더 놀랐다. 뭐라고 대꾸하고 싶었지만, 혀가 돌처럼 굳어서 아무 말도 나오지 않았다.

"할아버지는 큰 건설사를 운영하는 회장이야. 이 동네를 몽땅 사서 재개발하려고 했는데, 운 나쁘게도 아버지가 이곳에 살고 있었어. 아버지는 할아버지와 인연을 끊은 지 오래됐는데 재수 없게 맞닥뜨린 거지."

막장 드라마 같은 이야기였다.

"아버지는 동네 주민들을 대표해 재개발에 반대하는 싸움을 이끌었어. 아버지 때문에 재개발 사업은 제대로 이루어지지 않았고, 노발대발한 할아버지는 주민대표와 담판을 지으러 직접 이곳에 찾아왔지. 그때 할아버지는 반대운동을 이끄는 대표가 아버지인 걸 알고 길길이 날뛰셨어. 5년 전이었는데 아직도 그때 장면이 생생히 떠올라."

강산이 입술이 파르르 떨렸다. 떠올리기 싫은 장면이 생각을 잡아먹었을 때 일어나는 반응이었다. 그때를 되새길 때마다 얼마나 고통스럽고 화가 나는지 생생하게 전해졌다. 나는 다시 강산이 팔뚝을 꼭 잡았다.

"할아버지를 만난 뒤에도 아버지는 반대운동을 접을 생각이 조금도 없었어. 도리어 격렬하게 반대운동을 펼쳤고, 할아버지는 할아버지대로 더 강력하게 밀어붙였어. 아버지와 아들 사이에 전쟁이 벌어진 거지. 할아버지는 집요하고 무섭게 일을 추진했어. 그 전과는 차원이 다른 압력이 들어왔고, 동네 주민들을 돈과 협박으로 몰아내 버렸어. 아버지는 그럴수록 더 격렬하게 맞섰는데…….”

말이 뚝 끊겼다. 침묵 속에 시퍼런 칼날이 번뜩였다.

“아버지는 할아버지에게 절대 질 수 없다며 무리해서 맞서다가……, 갑자기 심장마비가 찾아왔고 손쓸 새도 없이 돌아가셨어.”

“어떡해…….”

눈물이 핑 돌았다.

“아버지 장례를 치르고 할아버지가 나와 어머니를 만나러 왔어. 그때 내가 그랬지. 아버지 뜻을 이어받아서 내가 싸울 거라고, 끝까지 싸울 거라고. 예상과 달리 할아버지는 조용히 내 이야기를 듣더니 그 자리에서 사업을 접겠다고 했어. 그러고는 이곳을 모두 내게 넘겨주겠다고 선언하셨지. 우리 집 빼고 이 동네 전체가 이미 할아버지 수중에 들어가 있었거든. 그 뒤는 네가 본 그대로야. 나와 어머니가 다른 곳으로 이사 가지 않겠다고 하니까 아예 동네 전체에 철조망을 두르고는 감시카메라를 설치했어.”

“네 아버지는 왜 할아버지랑 싸우신 거야?”

아버지라는 호칭에 그제야 익숙한 이질감이 들었다. 우리 오빠도 엄마 아빠를 어머니 아버지라고 부른다. 왜 그렇게 딱딱한 호칭을 고집하는지 모르겠지만 어릴 때부터 그랬다고 한다. 그런데 강산이도 그렇게 부른다. 오빠와 비슷한 면이 강산이에게도 있는 걸까?

“그 이유는…… 나도 몰라.”

“이런 곳에 살기 싫지 않아? 아무리 철조망이 막아준다고 해도 나라면 불안해서 이런 곳에서 못 살 거야."

"태어나고 자란 동네야. 내게는 고향이야."

"할아버지가 같이 살자고 하지 않으셨어?"

"너 같으면 아버지를 죽인 사람하고 같이 살고 싶겠니?"

나는 상상해 본 적도 없는 날 선 적대감이었다.

"저기가 우리 집이야."

동네가 끝나는 산자락 바로 아래에 푸른 지붕을 얹은 집이 보였다. 소박하고 깔끔한 집이었다. 푸른 대문을 열면서 강산이는 내 손에서 팔뚝을 빼냈다.

"학교 다녀왔습니다."

강산이가 큰소리로 인사하며 성큼성큼 들어갔다. 밖에서 본 첫인상처럼 집 내부도 깔끔했다. 오래된 집이라 낡았지만 지저분하지 않고 정갈했다. 마당은 잡동사니 하나 없이 깨끗했고, 물건들은 가지런히 정리되어 있었다. 마치 오빠가 이곳에 와서 마당을 정리한 것 같았다. 마당 뒤로 펼쳐진 넓은 밭은 솜씨 좋은 농부가 정성 들여 가꾼 듯했다. 밭은 철조망이 쳐진 산비탈 아래까지 드넓게 펼쳐졌는데, 갖가지 채소가 풍성하게 자라고 있었다.

현관에 들어서자 신코를 나란히 맞춘 신발들이 군인처럼 줄을 맞추어 나를 맞이했다. 강산이가 문에 손을 대려고 할 때 미닫이문이 열렸다. 머리를 정갈하게 뒤로 묶고 깔끔한 흰옷을 입은 강산이 엄마가 열린 문 사이로 나타났다.

"낯선 사람 냄새가 나는구나."

"안녕하세요."

나는 꾸벅 인사를 드렸다.

"강산이 짝꿍인 공나빈이라고 합니다."

"반가워요."

달콤한 초콜릿 같은 음성이었다.

"자기가 고집을 부려서 따라온 거야."

강산이가 투덜대더니 문을 조금 더 열고는 안으로 들어가 버렸다.

"강산이가 조금 불친절해도 이해해줘요. 성격이 무뚝뚝해서 그래요."

"저도 익히 알아요."

나는 싱긋 웃었다.

강산이 엄마는 내 웃음에 반응하지 않았다.

"들어와요."

"그럼 실례하겠습니다."

집 안으로 들어가려는데 강산이 엄마는 그 자리에 가만히 서 계셨다. 그제야 이상한 낌새를 눈치챘다.

'바보, 이제야 알아채다니.'

내가 들어가는데도 강산이 엄마 눈이 나를 따라오지 않았다. 그러고 보니 나를 처음 봤을 때도 '낯선 사람 냄새'라고 했다. 그 말은 나를 냄새로 알아차렸다는 뜻이다. 자연스럽게 반응하려고 했지만 쉽지 않았다. 거실에 가방을 내려놓은 강산이가 자기 방으로 들어갔다.

"저녁 먹고 갈 거지?"

강산이 엄마가 물었다.

"아, 아, 네."

대답마저 어색하게 나왔다. 눈을 어디에 둬야 할지, 손은 어떻게 움직여야 할지 갈피를 잡지 못했다. 강산이 엄마는 따스한 웃음을 머금더니 부엌으로 자연스럽게 걸어갔다. 그때 방에 들어갔던 강산이가 옷을 갈아입고 나왔다.

"저녁 먹고 간다고 했지?"

강산이가 다시 물었다.

"응."

"괜찮겠어?"

"뭘?"

"우리 집 밥상에는 고기가 없어."

고기 없는 밥상을 생각해 본 적이 없었다. 그렇다고 고기를 꼭 차려 달라고 부탁할 수는 없는 노릇이었다. 한 끼 정도는 채식이어도 괜찮다 싶기도 했다.

"괜찮아."

나는 최대한 활짝 웃었다.

강산이가 피식 웃더니 미닫이문을 열고 밖으로 나가려고 했다.

"어디 가?"

"채소 따러."

강산이 엄마는 부엌에서 요리를 준비했다. 어색한 움직임은 없었다. 두 눈이 멀쩡한 사람과 다를 바 없는 손놀림이었다.

'내가 잘못 봤나?'

내가 머뭇거리는 사이에 강산이는 현관으로 나갔다. 나는 가방을 놔두고 얼른 강산이를 따라갔다. 내가 마당으로 나갔을 때 강산이는 벌써 밭에서 채소를 이것저것 따고 있었다. 밭은 마당에서 봤을 때보다 훨씬 넓었다.

"엄마가 눈이 안 좋으시니?"

나는 조심스럽게 물었다.

"응."

"그런데도 이 넓은 밭을 이렇게 가꾸다니 대단하시네."

"엄마가 가꾸신 거 아니야."

"설마 네가 이걸 다 한다고?"

"어머니는 눈이 거의 안 보이셔. 저렇게 된 지 오래되셨어."

"미안해, 나는 그것도 모르고."

"이 집과 동네에서 생활하는 데는 아무 문제없으니까 걱정하지 마. 어머니는 나만큼 이곳을 잘 아셔."

강산이는 손을 부지런히 놀리며 채소를 한 바구니 소복하게 땄다.

"이거 어머니한테 전해줘. 나는 잠시 할 일이 있어서."

강산이가 건네준 채소를 부엌에서 요리하는 강산이 엄마에게 전해드리고 나는 다시 밭으로 나왔다. 강산이는 밭 한 귀퉁이에 쌓인 거름을 쇠스랑으로 뒤섞는 일을 하고 있었다. 나는 강산이가 일하는 곳으로 다가갔다. 거름은 강산이 키만큼 높았다. 강산이가 쇠스랑을 움직일 때마다 거름에서 하얀 김이 무럭무럭 솟았다. 가끔 거름이 강산이 몸에 붙었다 떨어지기도 했다. 땀을 뻘뻘 흘리며 거름을 뒤집던 강산이가 움막으로 들어가더니 시커먼 낙엽 더미를 안고 와서 거름에 얹고는 뒤섞었다. 강산이는 잠시도 쉬지 않고 부지런히 일했다. 일을 다 마친 강산이가 쇠스랑을 움막 안에 넣더니 내게로 왔다.

"너 괜찮아?"

"당연히 괜찮지. 일은 네가 했잖아."

"그게 아니고, 냄새가 괜찮냐고."

"냄새?"

"그래, 애들이 나한테 이상한 구린내가 난다고 '이상구'라고 부르잖아."

강산이는 자기 아픔을 아무렇지 않게 드러냈다.

"아버지는 거름을 직접 만들어서 밭에 뿌려야 생명이 건강하게 자란다고 늘 말씀하셨어. 어릴 때부터 아버지께 거름 만드는 법을 배웠는데, 아마 그것 때문에 내 몸에 거름 냄새가 뱄나 봐.

"난 괜찮아."

"억지로 참지는 마."

"솔직히 말하면, 나는 아무 냄새도 못 맡아."

나를 지나쳐 가려던 강산이가 나를 빤히 봤다.

'눈이 참 맑구나.'

땀을 흘리며 일해서일까? 이제까지 봐왔던 강산이 눈과는 달랐다. 때라고는 티끌 하나 묻지 않은 어린아이 같은 눈동자였다.

"나는 후맹이야. 냄새를 아예 못 맡아."

"어쩐지……."

어쩐지 뒤에 생략한 말이 괜히 마음에 걸렸다.

"나도 시골에서 제법 살았어. 물론 너처럼 일해본 적은 없지만, 외할머니가 시골에서 농사를 지으셔."

"밥 먹으러 가자. 고기가 없어서 먹기 힘들면 억지로 먹지 않아도 돼."

"난 뭐든 잘 먹으니까 걱정 마."

성큼성큼 걷는 강산이를 따라 집으로 들어갔다. 강산이는 집으로 오자마자 씻으러 들어갔다. 강산이가 씻는 동안 나는 멀뚱멀뚱 앉아서 집 구경을 했다. 가구는 단순하고 물건들은 오랫동안 그 자리에 머문 듯 한 점 흐트러짐이 없었다. 바닥에는 머리카락 한 올도 떨어져 있지 않았다.

"잘 먹겠습니다."

밥상에 놓인 그릇들도 반듯하게 줄을 맞춘 채 자기 빛깔을 자랑했다. 모든 반찬 맛이 자극 없이 부드러웠다. 그렇다고 심심하지는 않았다. 재료와 양념이 적절하게 어울려서 상쾌한 맛을 빚어냈다. 고기가 없었지만 만족할 만한 밥상이었다.

밥을 다 먹고 젓가락을 내려놓는데 엄마한테 전화가 왔다.

"여기 친구 집이야."

"유미랑 보미는 학원에 갔을 텐데, 친구 누구?"

"응, 새로 짝꿍이 된 애야. 내가 말했잖아, 강산이라고."

"언제 올 거야?"

"갈 때 되면 연락할게."

"무슨 일 있는 건 아니지?"

"엄마는 내가 뭐 어린앤가? 걱정 마."

저녁을 먹고 나자 강산이가 설거지했다. 설거지 솜씨가 예사롭지 않았다. 마치 우리 오빠를 보는 것 같았다. 모든 그릇이 정확한 간격으로 자기 자리에 놓였다. 한 치도 흐트러지지 않는 완벽한 배치였다.

강산이는 자기 방을 보여주지 않았다. 굳이 싫다는데 들어가겠다고 고집을 부릴 수도 없었다. 강산이 엄마가 자리를 비켜주어 거실에서 둘이 편하게 이야기를 나눴다. 내가 주로 떠들고, 내가 질문할 때만 강산이가 대답하는 식으로 대화가 이어졌다. 가벼운 이야기를 늘어놓다가 기회를 봐서 궁금한 점을 대놓고 물었다.

"애들이 괴롭히는데 넌 괜찮아?"

"그딴 일에는 관심 없어. 그러든지 말든지."

나는 심각하게 물었는데 대답이 명쾌해서 허탈했다.

"그때 벌이 교실에 들어왔을 때는 어떻게 한 거야?"

"어떻게라니?"

"벌이 네 손에 그냥 앉았잖아."

"나도 몰라. 그냥 벌을 살리고 싶었어."

"쏘일까 걱정되지 않았어?"

"인간이 벌을 공격하지 않으면 벌도 인간을 공격하지 않아."

거듭 캐물었지만 강산이 입에서 이해할 만한 답을 듣기는 어려웠다.

"벌레가 죽었을 때는 왜 그렇게 서럽게 울었어?"

"생명이 죽었잖아. 아무 의미 없이……."

"지금도 무수히 많은 생명이 끊임없이 죽고 태어나. 한 생명이 죽을 때마다 울면 평생 울고만 살아야 할 거야."

"생명이 죽는다고 늘 우는 건 아니야. 농사지을 때면 내 손에도 무수한 생명이 죽어. 잡초로 불리는 풀은 뽑아서 죽이고, 농작물에 해로운 벌레도 내가 다 죽여. 심지어 먹으려고 키우는 채소도 지나치게 많으면 안 되니까 채 자라기도 전에 뽑아내. 그것도 생명을 빼앗는 짓이야. 아버지는 생명을 기르는 과정은 다른 생명을 죽이는 과정이라고 하셨어."

"무의미한 죽음에 슬퍼하는 거니?"

"한 생명이 살기 위해 다른 생명을 먹는 건 어쩔 수 없어. 내가 식물이 아니기에 생명으로 살아가기 위해서는 다른 생명을 죽여서 먹어야만 해. 그렇지만 그저 혀를 기쁘게 하려고 생존에 굳이 필요하지도 않은 음식을 사치스럽게 먹고, 그저 더 힘이 세다는 이유로 무고한 생명을 해치는 짓은 불필요해. 그런 짓을 접할 때마다 그냥 지나치기가 힘들어."

한편으론 이해되면서도 다른 한편으론 잘 받아들여지지 않았다. 농사지을 때는 자기 손으로 민들레를 뽑아내면서, 아스팔트 위에 핀 민들레가 짓밟혀 죽을 때는 슬픔을 느낀다니 좀처럼 이해하기 힘든 감정이었다. 긴 대화를 나누었어도 강산이를 온전히 이해하기는 어려웠다. 그렇지만 강산이가 여느 사람과 확연히 다른 가치관과 감성을 지녔다는 건 확인했다.

저녁 여덟 시가 되자 엄마한테 또 전화가 왔다. 당장이라도 찾아올 듯한 기세였다.

"이제 그만 가봐. 어머니께 걱정 끼쳐드리지 말고."

"어휴, 우리 엄마는 아직도 나를 어린애 취급한다니까!"

더 머무는 것도 예의가 아닌 듯했다. 나는 엄마에게 위치를 설명하고 만날 시간을 정한 뒤에 전화를 끊었다.

엄마가 차를 몰고 올 시간이 가까워지자 강산이 엄마에게 인사드리고 밖으로 나왔다. 밝은 조명탑 불빛이 우리가 걷는 길을 환하게 비추었다. 감시카메라는 여전히 우리를 따라 움직였다. 철문 앞에서 엄마 차가 오기를 기다렸다. 내가 길게 물으면 강산이는 짧게 대답하는 대화는 그때까지도 계속 이어졌다. 그러다가 내가 묻지도 않았는데 강산이가 자기 꿈을 털어놓았다.

"이곳이 내 완전한 소유지가 되면 나는 우리 집만 남기고 나머지 건물은 다 없앨 거야. 그담엔 모두 밭으로 만들어서 농사를 지을 거야. 나는 농부가 꿈이야, 아버지처럼."

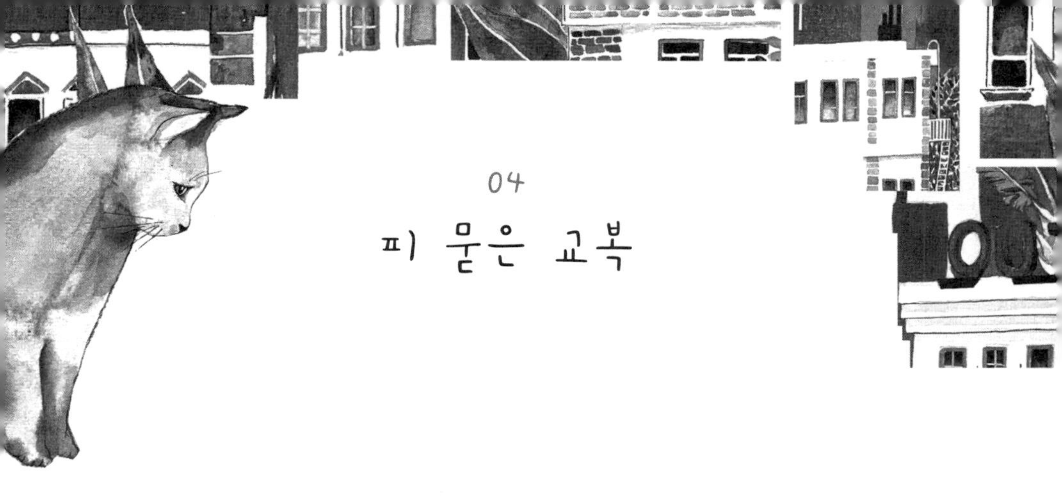

04
피 묻은 교복

집까지 찾아가긴 했지만, 학교에서 강산이와 가깝게 지내지는 않았다. 나는 친구들과 노는 게 좋았고, 솔직히 말하면 다른 애들이 다 싫어하는 강산이와 친한 모습을 보이고 싶지도 않았다. 다행히 강산이도 나와 친밀해진 관계를 드러내지 않았다. 보이지 않는 영역은 확연히 달라졌지만 보이는 영역은 그대로였다. 달라진 점이 하나 생기긴 했다. 강산이는 급식실에서 구토한 후로는 아예 급식을 먹지 않았다. 도시락을 싸 들고 와서 혼자 밖에서 따로 먹었다. 급식에 늘 나오는 고기 냄새를 더는 견디기 힘들어서 내린 결정 같았다.

한 달쯤 뒤에 강산이 집에 또 놀러 갔고, 그때는 강산이 엄마와 이런저런 얘기를 길게 나누었다. 어릴 때부터 유난히 아빠를 따랐던 강산이는 아빠가 돌아가신 뒤에는 아빠가 하던 모든 일을 혼자서 한다고 했다.

"성격도 행동도 죽은 아빠랑 똑같아요. 어떨 때는 아빠 영혼이 저 아이한테 빙의된 게 아닌지 의심스럽기도 해요."

돌아가신 강산이 아빠가 어떤 분인지 여쭤보고 싶었지만 실례인 것 같아서 그만두었다.

"강산이가 나빈 학생 얘기를 많이 해요."

"정말요?"

반가운 말이었다.

"고기를 좋아하는 식습관은 싫지만 나머지는 다 마음에 든다고."

"강산이답네요."

"마음 쓰지 말아요. 강산이 아빠가 완고한 채식주의자여서 강산이도 그런가 봐요."

"육식 때문에 아마존이 파괴된다는 영상을 보고 저도 제 식습관을 어떻게 해보려고 했지만, 잘 안 돼요. 저희 엄마가 절 임신했을 때 고기를 엄청 먹었거든요. 아무래도 그것 때문에 제 유전자가 고기를 찾나 봐요."

"강산이한테 남들에게 채식을 강요하면 안 된다고 자주 얘기해요. 채식은 자기 선택과 결심이지 강요로 받아들이게 해서는 안 된다고. 처음에는 제 충고를 안 받아들였는데 계속 대화하다 보니 예전보다는 생각이 유연해졌어요."

강산이 엄마는 참 현명한 분 같았다. 우리 엄마는 나를 끔찍하게 사랑하고 아끼는 분이지만, 현명한 분인지는 확신하지 못한다. 웬만한 건 다 내 뜻대로 하게 놔두는데, 가끔은 스스로 이래도 되나 싶은 것까지 허용하기 때문이다. 늦둥이라고 아껴서 다 허용하는 마음은 알겠지만, 가끔은 오빠처럼 나를 따끔하게 대하기를 바라기도 한다. 물론 정말 그러면 내가 고분고분 받아들일지는 모르겠지만.

"고마워요, 강산이와 친구가 되어주어서."

친구가 되기 위해서가 아니라 궁금증을 해결하러 왔다는 말은 차마 하지 못했다. 평소 나답지 않았다. 상대가 누구든 나는 있는 그대로 대놓고 말하는데 강산이 엄마한테는 조심스러웠다.

"고맙긴요. 당연히……."

그 뒤에 '짝꿍이라서'라는 말을 덧붙이려다가 서운해하실 것 같아서 말꼬리를 흐릿하게 얼버무렸다.

"강산이가 집에 친구를 데려온 건 처음이에요."

"외로웠겠네요."

"모르겠어요. 좀체 감정을 드러내지 않아서……. 강산이 아빠도 평생을 외롭게 보냈는데, 저 아이까지 그렇게 될까 봐서 걱정이에요."

강산이 엄마와 대화를 나눈 후 학교에서도 강산이와 친하게 지내야 하는 게 아닌지 고민했지만, 행동을 바꿀 만한 계기가 없었고 마음을 고쳐먹기도 쉽지 않았다. 그러다 내 결심과 무관하게 내가 강산이와 가까운 관계라는 걸 드러낼 수밖에 없는 사건이 벌어졌다.

조회 시간이 지나고 1교시 종이 울렸는데도 강산이가 들어오지 않았다. 한 번도 지각한 적이 없어서 괜스레 걱정되었다. 평소에는 못 느꼈는데 빈자리가 허전해서 당황할 지경이었다. 선생님이 1교시 수업을 마치고 앞문으로 나가자마자 뒷문이 열렸다.

"악! 뭐야?"

뒷문으로 나가려던 여자애들이 비명을 지르며 일제히 물러났다.

공포영화에서 무서운 장면을 봤을 때와는 결이 다른 비명이었다. 욕과 놀라움, 짜증과 두려움이 뒤엉킨 소란에 이끌려 자리에서 일어났다. 뒷문으로 들어오는 강산이가 보였다. 두 눈에는 핏발이 섰고, 눈두덩은 퉁퉁 부었으며, 귀에서 볼까지 피딱지가 길게 묻어 있었다. 교복 윗도리가 피범벅이라 원래 색이 뭔지 알아보기 힘들 정도였다. 축 늘어진 손은 핏물과 흙이 뒤엉겨 끔찍한 상상을 하게 만들었다.

강산이는 넋이 나간 사람처럼 어기적어기적 걸어서 내 옆으로 왔고, 새파랗게 질린 애들은 마법에 걸린 바다처럼 쫙 갈라졌다. 자리에 오자마자 강산이는 팔을 책상에 올려놓고는 얼굴을 팔 사이에 묻어버렸다.

"누굴 죽이기라도 한 건 아니겠지?"

"그럼 빨리 경찰에 신고해야지."

"저 새끼, 사고 칠 줄 알았어."

"저 꼴로 학교에 오다니. 미친 거 아냐?"

서너 걸음 떨어진 데서 빙 둘러선 구경꾼들이 공포와 혐오를 마구 쏟아냈다. 그대로 두면 사태가 예상치 못한 방향으로 걷잡을 수 없이 커질 듯했다.

"무슨 일이야?"

친한 사이에서만 쓰는 말투였지만 어쩔 수 없었다.

"……!"

강산이는 얼굴을 파묻은 채 꿈쩍도 하지 않았다.

"어디 다친 데는 없어?"

여전히 대답이 없었다.

대화로 어떤 일이 벌어졌는지 파악하기는 힘들 듯했다. 일단 피 묻은 얼굴과 흙투성이 손을 깨끗하게 씻기고, 옷을 어떻게 해야만 했다. 화장실로 데려가면 좋겠지만 그럴 여건은 아니었다.

"보미야!"

보미를 불렀지만 주변이 시끄러워서 멀리 있는 보미가 알아듣지 못했다.

"다들 조용히 좀 해!"

내가 소리를 버럭 지르자 시끄럽던 애들이 조용해졌다.

다시 보미를 불렀고, 보미가 황급히 다가왔다. 그러나 강산이를 보더니 몇 걸음 앞에서 멈췄다.

"너, 물티슈 있지?"

보미가 고개를 끄덕였다.

"피 닦아야 하니까 좀 빌려줘."

머뭇거리던 보미는 내가 강하게 다그치자 그제야 물티슈를 가져왔다. 물티슈 두 장을 빼냈다.

"야, 일어나 봐."

강산이는 여전히 움직이려 들지 않았다.

"애처럼 굴지 말고 일어나. 피는 닦아야지."

마치 오빠가 떼를 쓰는 나를 다룰 때처럼 나무랐다. 그러고는 팔뚝을 잡아당겼다. 강산이는 고개를 살짝 들더니 힘없이 손을 내게 맡겼다. 피와 흙을 닦아냈는데 물티슈 두 장으로는 어림도 없었다. 세 장을 더 쓰고서야 손이 깨끗해졌다.

"저쪽 손도 줘."

몸을 조금 더 일으킨 강산이는 오른손까지 내게 맡겼다. 나는 꼼꼼하게 손을 닦았다. 오른손을 다 닦은 뒤에 얼굴을 닦으려고 물티슈를 꺼내다가 애들 시선이 이상하다는 걸 느꼈다. 물티슈로 손을 닦아주는 것과 얼굴을 닦아주는 것은 결이 다른 행동이었다. 잠시 머뭇거렸지만 마음을 굳게 먹었다. 다른 사람 시선이 어떻든, 그 순간에는 강산이를 정상 상태로 돌려놓는 것이 우선이었다. 나는 강산이 얼굴에 묻은 피를 꼼꼼하게 닦아냈다. 물티슈 다섯 장을 쓴 뒤에야 얼굴이 깨끗해졌다.

손과 얼굴이 깨끗해졌지만 옷은 어찌할 방법이 없었다. 어떡할까 고민하는데 구경꾼 가운데 1학년 때부터 친하게 지내던 정민재가 눈에 들어왔다.

"야, 정민재!"

정민재가 흠칫 놀랐다.

"사물함에 체육복 놓고 다니지?"

"……?"

정민재는 내가 왜 묻는지 모르겠다는 듯 눈만 더 크게 뜨면서 대답하지 않았다.

"체육복 있어 없어?"

내가 다그치자 그제야 고개를 끄덕였다.

"있기는 한데……."

"강산이 옷 갈아입히게 좀 빌려줘."

"내가 왜?"

"빌려달라면 빌려줘!"

"저 더러운 새…… 아니, 애한테 왜 빌려줘?"

"그럼, 피 묻은 옷을 입은 채 계속 지내란 말이야?"

"냄새 밴다고!"

"새 체육복 살 돈 줄 테니까 빨리 줘."

정민재는 주변 눈치를 살피더니 다시 나를 봤다.

"너 진짜지?"

"내가 언제 약속 어기는 거 봤어?"

"그, 그렇긴…… 하지."

"뭐 해? 빨리 가지고 와."

정민재는 쭈뼛거리더니 사물함에서 체육복을 꺼내 왔다.

"이 옷으로 갈아입어."

옷을 주었지만 강산이는 움직일 생각을 안 했다.

"이대로 지낼 거야?"

"……."

답답해서 속이 터질 듯했다.

"야! 철부지 애처럼 굴지 마!"

교실이 쩌렁쩌렁 울리도록 소리를 지른 탓에 주변에 있던 애들이 소스라치게 놀랐다. 야단맞은 아이처럼 그제야 강산이가 체육복을 받아 들고 자리에서 일어났다. 강산이가 움직이자 또다시 홍해가 갈라지듯 애들이 길을 열었다. 강산이가 체육복으로 갈아입으려고 사라지자 나는 강산이 책상과 의자를 남은 물티슈로 닦았다.

"괜……찮아?"

물티슈를 쓰레기통에 버리고 돌아오니 보미가 다가와 물었다.

보미가 무슨 뜻으로 한 질문인지 알기에 나는 일부러 대차게 대꾸했다.

"그럼 그 꼴로 하루 내내 내 옆에 앉혀둬야겠어?"

일부러 주변을 한 번 휙 둘러봤다.

"난 그런 꼴은 못 봐."

2교시 수업에 맞춰 강산이는 체육복으로 갈아입고 자리로 돌아왔다. 무슨 일이 벌어졌는지 궁금했지만, 일부러 관심 없는 척하며 하교

할 때까지 궁금증을 꾹 눌렀다. 강산이가 싫다고 했지만 계속 따라가며 집요하게 물었다. 버스정류장에서도 강산이는 내 의문을 풀어주지 않았다. 내가 아무리 독촉해도 강산이는 끝까지 답변을 거부했다.

"너 계속 그러면 집까지 쫓아가서 엄마에게 말씀드려 버릴 거야!"

그 협박은 통했다.

"버스 타고 오는데 느닷없이 고라니가 도로에 뛰어들었어. 고라니가 나타날 곳이 아닌데 길을 잃고 그곳까지 왔나 봐. 고라니는 버스에 부딪혔고, 버스기사가 욕을 해댔어. 나는 고라니가 염려돼서 내려달라고 했어. 버스기사는 투덜대면서도 문을 열어줬어. 차에서 내려 살펴보니 고라니가 버스 바퀴 옆에서 피를 흘리며 공포에 떨고 있었어. 아직 생명이 끊어지지 않았는데……. 버스기사가 빨리 치우라고 욕을 해대서 어쩔 수 없이 옆으로 조금 옮겼고, 버스는 떠났어. 죽어가는 고라니를 살피는데 배가 이상했어."

설마, 아니기를 바랐다.

"새끼가……."

불행한 예감은 빗나가지 않았다. 강산이 눈에서 다시 굵은 눈물이 떨어졌다.

"조금 뒤 어미가 죽었고, 꿈틀대던 새끼도 얼마 못 가서 죽었어."

그 뒤로는 말하지 않아도 무슨 일이 벌어졌는지 짐작할 수 있었다. 강산이는 엄마 고라니와 채 태어나지 못한 새끼 고라니를 땅에 묻어준 것이다. 그것도 맨손으로 흙을 파서. 두 생명을 묻으며 강산이가 얼마나 울부짖었을지 생각만 해도 가슴이 미어졌다.

슬퍼하는 강산이가 애처로웠다. 내가 다쳐서 울면 엄마는 늘 나를 꼭 안아주었다. 엄마가 나를 위로하듯이 나도 강산이를 위로하고 싶었다. 그 슬픔을 다독이고 싶었다. 나는 마음이 가는 대로 따랐다. 울먹이는 강산이를 살며시 안았다.

"괜찮아. 네가 잘 보내줬잖아."

강산이 슬픔이 푸른 파도에 실려 내 몸을 타고 일렁였다. 처음에는 슬픔이 요동치며 매서운 파도처럼 흔들렸지만, 점점 봄바람처럼 부드럽게 잦아들었다.

"나빈아!"

유미였다.

나는 얼른 강산이에게서 떨어졌다.

"너, 뭐 해? 애들이 보면 어쩌려고?"

유미는 사색이 된 얼굴로 주변을 샅샅이 경계했다.

"고마워."

강산이가 가늘게 한마디 내뱉더니 때마침 온 버스에 재빨리 올라탔다. 슬픈 연기를 내뱉으며 파란색 버스가 멀어졌다.

"너, 미쳤어?"

"뭘?"

"길 한복판에서 저런 애를 껴안으니까 그렇지."

'저런 애'가 아니면 괜찮은지 반문하려다 그만두었다.

"그럴 만한 사정이 있어."

"사정이고 뭐고 간에, 다른 애들이 봤으면 어쩌려고."

"뭔 상관이야."

대범한 척했어도 솔직히 걱정이 없지는 않았다. 그렇다고 내가 걱정을 껴안고 지낼 성격은 아니었다. 나는 얼른 관심을 다른 데로 돌렸다.

"너, 삼겹살 떡볶이 먹으러 갈래? 갑자기 떡볶이가 끌리네."

"칫, 삼겹살이겠지."

"그게 그거지."

삼겹살 떡볶이를 먹으며 강산이가 겪은 일을 설명하자 유미는 나름 이해했다. 그렇지만 다른 애들 눈도 있으니 앞으로는 조심하라고 신신당부했다.

그다음 날, 강산이와 어느 선을 지키며 지내야 할지 고민하며 학교에 왔는데, 그런 고민을 단번에 날려버리는 사건이 벌어졌다. 교실에 왔는데 강산이가 자리에 없었다. 가방을 책상에 두고 보미와 함께 화장실에 들렀다가 오니 강산이가 이명식, 최기현과 시비가 붙어 있었다.

강산이는 바닥에 쭈그려 앉아 한 손으로는 이명식이 바닥을 발로 밟지 못하도록 막고, 다른 한 손으로는 최기현 손목을 붙잡고 있었다. 최기현은 파란 플라스틱 통을 들었는데, 강산이 힘에 밀려서 곧 놓칠 듯했다.

"야, 이 새끼 힘센 거 봐."

최기현이 막말을 내뱉으며 손을 뒤틀었고, 손이 자유로운 이명식이 파란 통을 넘겨받더니 바닥에 엎었다. 초록빛 물체가 투두둑 하고 바닥에 떨어졌다.

"야, 대수야! 뭐 해? 밟아버려."

바닥에 떨어진 게 뭔지 내가 알아채기도 전에 보미가 기겁하며 뒤로 물러섰다.

'혹시, 벌레?'

벌레라는 생각이 스치자마자 이명식 무리가 무슨 짓을 벌이는지 바로 알아차렸다. 뒤에서 구경하는 척하던 박대수가 뛰어왔고, 놀란 강산이는 이명식과 최기현을 확 밀치며 박대수를 막으려고 했다. 발목이 붙잡혔던 이명식은 뒤로 밀려 넘어졌지만, 손목을 잡혔던 최기현은 역으로 강산이 손목을 낚아채서 강산이가 박대수에게 가지 못하도록 막았다. 잠시 주춤하던 강산이는 강한 힘으로 손을 잡아 뺐다. 최기현이 당황하는 사이, 강산이가 박대수에게 달려들었지만 한발 늦었다. 박대수 발이 바닥에 기어 다니는 벌레를 마구 짓밟았다. 강산이는 박대수 발을 잡더니 있는 힘껏 밀었다. 벌레를 밟던 발이 위로 들렸고, 균형을 잃은 박대수는 뒤로 넘어졌다. 하지만 강산이가 구하려던 벌레는 이미 짓이겨진 뒤였다. 가만히 보니 바닥 곳곳에 죽은 벌레 흔적이 널려 있었다. 대충 봐도 열 군데는 넘어 보였다.

강산이 힘에 떠밀려 넘어졌던 이명식이 뒷머리를 만지며 일어났다. 뒷머리에서 이상한 느낌을 받았는지 손으로 뒷머리 곳곳을 만졌다. 그러고는 손을 앞으로 가져오자마자 욕을 해댔다.

"이거…… 피잖아? 제기랄, 개새끼!"

이명식 손에 핏자국이 선명했다. 그리 많은 피는 아니었다. 넘어지면서 살짝 긁힌 것 같았다.

"저 개새끼가!"

피가 이명식을 분노하게 만들었다.

이명식이 주먹을 쥐고 강산이에게 달려들었다. 옆에서 구경하던 구찬민과 신영호가 재빨리 나와서 이명식을 말렸다. 이명식은 길길이 날뛰며, 바닥에 쪼그려 앉아 죽은 벌레들을 어루만지며 슬퍼하는 강산이를 향해 발길질했다. 이명식이 내지른 발은 구찬민과 신영호가 강하게 막은 덕분에 강산이에게 닿지는 않았다.

"이거 뭐야? 나도 피!"

뒤로 넘어졌던 박대수도 피 묻은 손을 내밀며 일어났다.

"저 새끼, 저거 완전 깡패 아니야?"

최기현도 다시 합세해서 강산이에게 욕을 해댔다.

"안 때릴 테니까 놔!"

이명식이 팔을 휘둘렀고, 구찬민과 신영호가 마지못해 손을 놓았다.

"이상구 저 새끼, 이상한 거만 처먹더니 힘만 열나게 세네."

"뭘 믿고 지랄하나 했더니 무식한 힘만 믿고 나댄 거였어."

"저런 새끼랑 붙어봤자 너만 손해야."

"피까지 나는데 그냥 참으란 말이야?"

"빨리 보건실로 가."

"야, 간 김에 학교폭력으로 신고해 버려."

늘 붙어 다니던 다섯이 서로 말을 주고받더니 느닷없이 학교폭력이라는 낱말이 튀어나왔다. 자기들이 먼저 강산이를 도발했다가, 벌레를 살리려는 강산이에게 떠밀려 다쳐놓고는 학교폭력이라니 어처구니가 없었다.

"야, 명식이 너 피 많이 나온다. 빨리 보건실 가라."

그들은 죽은 벌레들을 일부러 더 밟으며 교실을 빠져나갔다. 학교폭력으로 신고할지는 모르겠지만 후폭풍이 만만치 않을 듯했다. 강산이는 그들이 사라진 뒤에도 바닥에 쪼그려 앉아서 죽은 벌레들이 남긴 흔적을 어루만지며 눈물을 글썽였다.

도대체 왜 저러는 걸까? 농사지을 때나 괴롭힘을 묵묵히 이겨내는 모습을 보면 누구보다 강인한 듯한데, 저럴 때는 아기처럼 여리게 보이니 종잡을 수 없었다. 어쩌면 인격이 두 극단으로 쪼개진 사람 같기도 했다. 나약함은 유리처럼 투명한 엄마를 닮고, 강인함은 죽은 자기 아빠를 닮은 걸까?

고민을 길게 끌기에는 바닥에 쪼그려 앉은 강산이 꼴이 지나치게 불쌍했다. 나는 보미에게 물티슈를 받아서 바닥에 남은 흔적을 재빨리 지워버렸다. 흔적이 사라지자 내가 뭐라고 하지 않아도 강산이는 자기 자리로 돌아가 앉았다. 굳게 다문 입술에서는 슬픔보다 분노가 더 강하게 느껴졌다. 실제로 그렇다기보다는 어쩌면 내가 그쪽이길 바란다는 게 맞겠다.

입을 꾹 다물고 책상에 시선을 고정한 채 들숨과 날숨을 거칠게 몰아쉬던 강산이는 조회가 다가오자 점점 차분해졌다. 떼로 몰려 나갔던 이명식 무리가 선생님과 함께 들어왔다. 녀석들은 억지로 심각한 척하더니 힐끔힐끔 강산이를 살폈다. 음흉한 시선이었다. 조회가 끝나고 선생님이 강산이를 따로 데리고 나갔다. 선생님이 사라지자 녀석들이 기고만장해서 우쭐댔다. 무슨 일이 벌어졌는지 알 만했다. 강산이는 1교시가 끝나고 돌아왔다. 어찌 된 일이냐고 몇 번이나 물었지만 아무 대답도 하지 않았다. 그러나 굳이 강산이 대답을 듣지 않아도 사건이 어떻게 굴러가는지 파악하는 건 어렵지 않았다.

점심시간이 되자 강산이가 학교폭력으로 고발돼서 징계당할 거라는 소문이 파다하게 퍼졌다. 어처구니없는 상황이 벌어지는 걸 방관할 수는 없었다. 나는 점심시간에 담임 선생님을 찾아가 소문이 사실인지 확인하고, 내가 목격한 장면을 가감 없이 진술했다. 선생님은 내 진술을 듣고 꽤 놀랐다. 특히 내가 보미를 대신해서 강산이와 짝꿍이 되는 모범을 보였던 터라 선생님은 내 말을 오롯이 믿어주었다. 역시 평소에 쌓은 신뢰가 이런 위기에서 힘을 발휘했다. 이명식 무리는 창의체험 시간에 선생님에게 불려 갔다. 그 녀석들이 다시 교실에 나타났을 때는 똥이라도 씹은 표정들이었다.

강산이가 모함에 빠지지 않도록 막고 나니 무척 뿌듯했다. 내가 악당들에게서 선량한 시민을 구한 초인이라도 된 듯해서 자랑스러웠다. 특히 오빠에게 내세울 자랑거리가 생겨서 기뻤다. 아마도 오빠는 크게 칭찬하면서 내가 소갈비를 뜯게 해줄지도 모른다. 소갈비를 먹는 상상으로 입에 침이 고이는데 느닷없이 전주혜가 내 기분을 망쳐버렸다. 간이 딱 맞는 소갈비에 왕소금을 뿌린 기분이었다.

"네가 그랬지?"

복도 구석으로 날 몰아넣고 전주혜가 심문하듯이 다그쳤다.

"뭘?"

처음에는 영문을 몰랐다.

"쌤한테 고자질하지 않았어?"

'고자질'이라는 말에서 날카로운 가시가 튀어나왔다. 전주혜와 이명식 무리가 어떤 관계인지를 떠올리자 대충 어떤 상황인지 어림할 수 있었다.

"난 내가 본 대로 말했어."

기죽지 않고 받아쳤다.

"그 미친 새끼가 좋냐?"

"무슨 말을 그렇게 해?"

"내 친구들이 징계라도 받기만 해봐. 가만히 안 둬."

"가만 안 두면 어쩔 건데?"

걱정은 꽁꽁 감추고 아무렇지 않은 척 대꾸했다.

"이 쥐방울만 한 게……."

전주혜가 바짝 다가왔다.

"나빈아!"

그때 유미가 나를 불렀고, 전주혜는 눈알 빠진 생선구이 같은 표정을 남기고는 겅중겅중 가버렸다.

"주혜랑 무슨 일 있어?"

"아, 아니야. 그냥……."

말은 그렇게 했지만 후폭풍이 걱정되긴 했다.

다행히 그 일은 큰 탈 없이 지나갔다. 선생님은 반성문 몇 장 쓰는 걸로 가볍게 일을 마무리 지었고, 전주혜도 더는 내게 시비 걸지 않았다. 그러나 그걸로 끝이 아니었다. 2학기가 되자 다른 사건이 겹치면서 그날 꼬였던 실타래가 엉망진창이 되고 말았다.

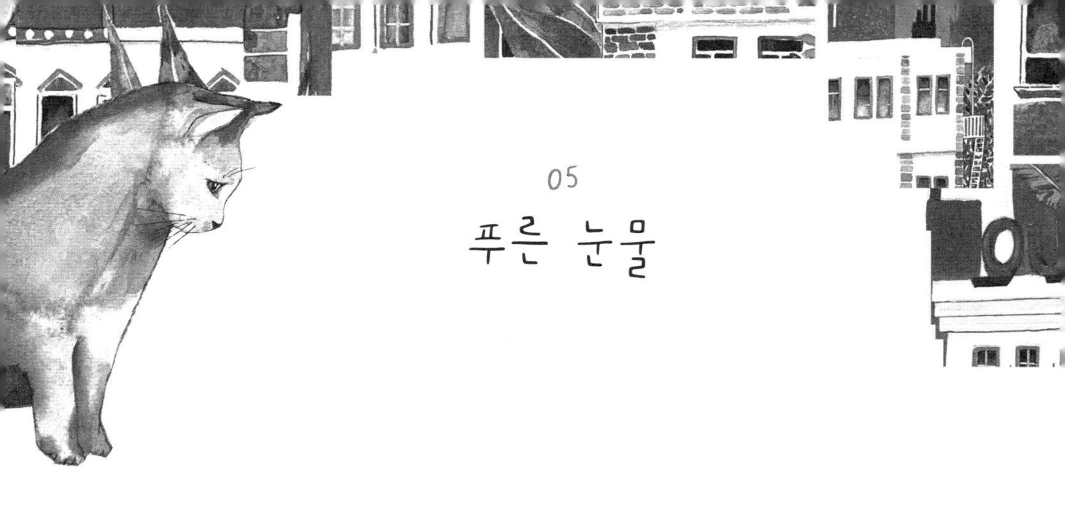

05

푸른 눈물

여느 해처럼 여름방학이라서 외할머니댁에 갔다. 작년까지만 해도 외할머니댁에 오면 시원한 집 안이나 냇가에서 노닥거리며 지냈는데, 이번에는 할머니를 따라 밭으로 나갔다. 할머니는 그냥 쉬라고 했지만 나는 고집스럽게 따라가서 일을 도와드렸다. 피부 곳곳을 달구는 뙤약볕과 온몸을 비틀며 쥐어짜는 것 같은 땀에 무척 힘들었지만 나름 일하는 재미가 있었다. 힘들게 일하고 시원한 물을 마시며, 그늘에서 쉴 때면 뿌듯함이 차올랐다. 수건과 모자로 머리를 가리고 쪼그리고 앉아 밭고랑에서 풀을 뽑는데, 문득 강산이가 한 말이 떠올랐다. 강산이 말을 전하니 할머니가 강산이를 무척 궁금해했다. 물론 내가 양념을 듬뿍 치긴 했지만.

"참 특별한 아이구나. 어린 나이에 벌써 그런 깊은 생각을 하다니……. 그 아이 말처럼 죽음이 삶을 가능하게 하지. 풀이 죽어 채소를 살리고, 채소가 죽어 짐승을 살리고, 짐승이 죽어 사람을 살리고, 사람이 죽어 미생물을 살리고, 미생물로 풀과 채소가 살아가니 죽음이 곧 삶이야. 할미도 머지않아 다른 생명을 살리기 위해 죽을 테고."

갑작스러운 말씀에 가슴이 미어졌다.

"할머니, 오래오래 건강하게 사셔야 해요."

나는 할머니를 꼭 껴안아 드렸다.

"우리 예쁜 나빈이 덕에 할미가 십 년은 더 살겠구나."

주름 가득한 입가에 걸린 환한 웃음을 보니 조금 안심이었다.

여름방학 끝나기 며칠 전에 엄마가 내려왔다. 엄마는 하룻밤을 함께 지내고, 그다음 날 나와 같이 올라왔다. 차 트렁크와 뒷좌석에는 할머니가 바리바리 싸주신 먹거리로 가득했다. 엄마랑 수다 떨다가 신호등에 걸렸는데, 문득 어릴 때 목격했던 교통사고가 떠올랐다.

"엄마, 여기 기억해?"

"응?"

"저 앞에서 교통사고 났었잖아, 다섯 살 때."

"엄마는 운전면허 딴 뒤로 사고 난 적이 한 번도 없는데?"

"엄마 말고. 저기서 사고가 났잖아, 유조차 피하다가."

엄마는 고개를 갸웃하더니 운전대를 탁 쳤다.

“아, 그거! 그 사고가 아직도 기억나?”

“응, 아주 생생해.”

“그날 저녁부터…….”

“내가 냄새를 못 맡게 됐잖아.”

신호가 바뀌었는데도 엄마는 출발하지 않고 나를 물끄러미 쳐다봤다.

“아마 그래서 그날 사고가 잊히지 않나 봐.”

한참 그대로 서 있던 엄마는 다른 차 운전자가 울리는 경적을 듣고서야 출발했다. 사고 났던 자리를 지나는데 관자놀이가 욱신거렸다.

2학기에도 나는 강산이와 짝꿍이었다. 반 애들은 강산이 옆을 지날 때면 코를 막고 이상한 소리를 해대는 건 여전했지만, 예전처럼 대놓고 괴롭히지는 않았다. 앞장서서 강산이를 괴롭히던 이명식 무리는 어찌 된 일인지 강산이한테 일절 관심을 두지 않고 자기들끼리만 어울리며 시시덕거렸다. 모여 앉아서 이야기를 나눌 때면 중요한 비밀이라도 공유하는 듯 다른 친구가 접근하지 못하게 했고, 말이 새어나가지 않게 속닥거렸다. 꼴이 아니꼬웠지만 강산이를 괴롭히지 않으니 그나마 다행이라고 여겼다. 그러다 녀석들이 공유하는 비밀을 알고 기겁할 수밖에 없었다.

9월 둘째 주 일요일이었다. 전날 외할머니가 강산이에게 주라고 한 토종씨앗이 도착했다. 할머니는 강산이 이야기를 듣고 무척 깊은 인상을 받은 듯했다. 삐뚤빼뚤한 글씨로 토종씨앗에 얽힌 사연이 적힌 편지도 같이 들어 있었다. 거의 100년을 내려온 소중한 씨앗을 나눠 주려는 할머니 마음이 봄 햇살처럼 따스했다. 월요일에 학교에서 줄까 하다가 강산이 집에 간 지 오래되었다는 생각이 들었다. 그래서 토종씨앗 핑계로 강산이 집에 가기로 했다. 강산이는 휴대전화가 없어서 힘들게 집 전화번호를 알아내 약속을 잡았다. 엄마 아빠에게 모처럼 둘만 데이트할 시간을 주고, 강산이 집으로 갔다. 언제나처럼 강산이 엄마는 따뜻하게 나를 맞아주었다. 강산이는 토종씨앗을 소중하게 받았다. 할머니가 쓴 사연을 읽더니 눈물까지 흘렸다.

"이렇게 감동하는 널 보면 할머니가 무척 좋아하실 거야."

"대단하신 분이네. 네 외할머니께서는 참 농사꾼이셔."

할머니를 존경하는 말을 들으니 괜히 어깨가 으쓱해졌다.

강산이는 씨앗을 소중하게 보관하고는 언제나처럼 밭으로 나갔다. 일부러 작업복을 챙겨 온 나도 같이 따라나섰다.

"너, 일할 수 있어?"

"이래 봬도 여름에 할머니랑 같이 뙤약볕에서 단련했어."

"무리하다 탈 난다."

"그렇게 약골 아니거든!"

톡 쏘아붙였지만, 나를 걱정하는 마음에서 감칠맛이 났다.

강산이를 따라다니며 일을 돕기도 하고, 강산이가 시키는 일을 하기도 했다. 점심도 고기반찬 없이 맛있게 먹었다. 강산이 엄마는 고기 없는 밥상에 미안해했지만, 아침에 든든하게 고기를 먹고 와서 괜찮다고 말씀드렸다. 그 바람에 강산이 눈총을 받았지만, 강산이 엄마는 싱그러운 농담으로 강산이를 다독였다.

점심을 먹은 뒤에는 뙤약볕을 피해 한동안 쉬다가 다시 일하러 밭에 나갔다. 막 일을 시작하려는데 정민재한테 문자가 왔다. 같이 해야 할 과제 때문이었다. 이야기를 마무리하고 앱을 닫으려는데 정민재가 놀라운 비밀을 알려주었다.

- 명식이 걔네 요즘 뭐 하는 줄 알아?
- 관심 없어
- 알면 관심이 생길걸
- 뭔데?
- 엄청난 비밀이라도 있는 것처럼 지들끼리만 쑥덕거리고 낄낄댔잖아?
- 뜸 들이지 말고 직진해
- 고양이 때문이래
- 고양이?
- 새끼 고양이 한 마리를 잡아서 묶어놓고 데리고 노나 봐
- 뭔 짓이래! 부들부들!

예상치 못한 소식에 화가 났다. 문자를 입력하다 나도 모르게 입으로 험한 말이 튀어나왔다. 화가 잔뜩 난 탓에 강산이가 다가온 것도 인

식하지 못했다.

🗨 어딘데? 어디다 잡아뒀는데?

💬 학교 뒤에 출입금지 구역 있잖아?

🗨 가시철조망 쳐진 데?

💬 응. 그 안에 묶어놓고 방학 때부터 틈만 나면 가서 놀았나 봐

🗨 고양이가 좋으면 집에 데리고 가서 키우지. 그 새끼들 제정신이야?

💬 내 말이

막 문자를 입력하려는데 거친 손이 쑥 들어오더니 내 전화기를 낚아챘다.

"뭐야?"

김강산이었다.

강산이는 내가 정민재랑 나눈 문자를 빠르게 훑었다. 얼굴이 일그러지더니 휴대전화를 내게 던지듯 주고는 집으로 뛰어갔다.

"야! 왜 그래?"

나도 재빨리 강산이를 뒤따랐다. 강산이는 작업복 채로 지갑을 챙기더니 밖으로 뛰어나갔다. 아무래도 새끼 고양이가 묶여 있다는 곳으로 가려는 것 같았다. 말린다고 들을 강산이가 아니었다. 옷을 갈아입을 시간이 없었다. 뒤따라가기에도 벅찼다.

"같이 가."

소리 지르며 뒤쫓았지만, 강산이는 아랑곳없이 빠르게 뛰어갔다. 철조망 문을 지나서 한참을 내려가니 강산이가 택시를 잡으려고 손 흔드는 모습이 보였다. 멀리서 택시가 깜빡이를 넣으며 다가왔다. 나는 죽을힘을 다해 뛰었다. 강산이가 택시에 타 문을 닫으려는 순간 간신히 붙잡아 택시에 올랐다. 숨이 턱까지 차올랐다. 강산이가 목적지를 말하자 택시는 빠르게 움직였고, 나는 숨이 가빠서 한동안 말문이 열리지 않았다. 숨을 고르고 겨우 말을 꺼냈지만, 강산이는 입을 꾹 다문 채 비장하게 앞만 보며 한마디도 대꾸하지 않았다. 사고라도 칠 것 같아서 걱정이지만 말로 어쩔 수 있는 상태가 아니었다.

택시가 멈추자마자 요금을 건네고, 거스름돈도 받지 않은 채 택시에서 내린 강산이는 번개처럼 뛰어갔다. 다급한 심정이 느껴지는 몸놀림이었다. 내가 거스름돈을 받고 택시에서 내렸다. 강산이는 이미 시야에서 사라진 뒤였다. 강산이가 간 곳이 어디인지 알기에 서둘러 그쪽으로 갔다. 울퉁불퉁한 오르막길을 잰걸음으로 올라갔다. 뛰고 싶었지만 내 체력으로는 무리였다. 오르막길이 끝나자 무성한 수풀이 나타났다. 수풀 사이로 난 오솔길을 따라가는데 거친 잡풀이 걸음을 방해했다. 가시철조망이 쳐진 곳에 이르니 수풀 속에서 강산이와 이명식 무리가 시끄럽게 다투는 소리가 들렸다. 가시철조망 안으로 들어가야 하는데 입구가 보이지 않았다. 점점 커지고 급박해지는 다툼에 마음이 급했지만 들어갈 곳이 보이지 않았다. 초조함에 허둥거리며 풀이 눌린 곳을 여기저기 뒤지다가 간신히 입구를 발견했다.

"야, 잡아! 고양이가 도망가잖아."

이명식이 다급하게 외쳤다.

철조망에 걸리지 않게 조심하며 안으로 들어갔다.

"저 새끼 막아!"

최기현이 내뱉은 욕설과 함께 몸 부딪치는 소리가 들렸다. 내 키만큼 자란 잡풀 사이로 무수한 발걸음이 오간 흔적이 선명했다.

"이 새끼, 뭔 힘이 이렇게 세!"

"고양이부터 잡아!"

"가시덤불로 도망가잖아."

다른 애들 목소리만 들리고 강산이 목소리는 전혀 들리지 않았다.

날 선 풀을 맨손으로 젖히니 따끔거렸다. 쓸린 곳이 아팠지만 꾹 참고 잡풀을 헤쳐 나가다 드디어 사건 현장에 도착했다.

강산이가 박대수, 구찬민, 신영호에게 눌려 바닥에서 발버둥 치고 있었다. 온몸을 뒤틀면서 벗어나려고 했지만 세 명을 이기지는 못했다. 최기현은 가시덤불에 막대기를 넣어 헤집었고, 이명식은 꽤 큰 돌멩이를 고양이에게 집어 던지고 있었다.

"뭐 하는 짓이야!"

화가 머리끝까지 난 나는 있는 힘껏 고함쳤다.

내가 갑작스럽게 등장하자 모두가 멈칫했다. 그 사이에 강산이가 바닥에서 빠져나왔다. 강산이는 새끼 고양이가 도망친 곳으로 가려 했지만, 다섯 명이 늘어서서 막자 어쩔 수 없이 내 옆으로 왔다.

"뭐야? 이 혼란한 등장은……."

"둘이 대놓고 연인이 되기로 한 거야?"

"냄새 나는 놈과 냄새 못 맡는 년이 연인이라니, 아주 환상인 짝꿍이네."

이명식과 최기현이 징그럽게 웃으며 우리를 비꼬았다.

"엉뚱한 소리 집어치우고, 빨리 새끼 고양이나 풀어줘."

나는 대차게 쏘아붙였다.

"네가 저 고양이 주인이라도 되냐?"

"애인이랑 둘이 드라마 한 편 찍으려고?"

이 녀석들이 이렇게까지 못된 놈들인 줄 미처 몰랐다. 말이 먹히지 않았다. 악행을 들켜놓고도 부끄러움을 모르다니…….

"못된 짓 그만하고 고양이나 빨리 풀어줘."

있는 힘껏 고함쳤다.

"능력 되면 어디 구해보든가."

이명식이 빈정대더니 고양이를 향해 냅다 돌멩이를 집어 던졌다.

"저 썩을 고양이가 네깟 것들 때문에 덤불로 도망쳐서 나올 생각을 안 하잖아."

이명식은 돌멩이를 하나 더 던지더니 욕지거리를 흘리며 주먹을 쥐고 나에게 바짝 다가들었다. 나도 모르게 겁을 먹고 한 걸음 뒤로 물러났다. 강산이가 그 앞을 막아섰다.

"이 새끼, 너 때문에 내가 당한 수모를 생각하면……."

이명식은 주먹을 들어 강산이를 겨냥했다.

'아차, 촬영해야지!'

증거가 중요하다고 오빠가 그렇게 강조했건만 그걸 망각하고 무작정 달려든 내가 어리석었다. 주머니에 든 휴대전화를 꺼내려고 손을 움직였다. 그러나 내 손보다 이명식 주먹이 더 빨랐다. 명식이가 휘두른 주먹이 김강산 얼굴을 강하게 때렸고, 강산이가 주춤거리며 뒤로 물러났다.

"별것도 아닌 게."

이명식은 더 매섭게 주먹을 꽉 쥐고 다가들었다.

빨리 영상을 찍어야만 했다. 얼른 휴대전화를 꺼냈다. 그때 언제 눈치챘는지 최기현이 내 손을 움켜쥐었다.

"이거 놔!"

온 힘을 다해 뿌리치려고 했지만, 그 힘을 당해낼 수가 없었다.

"나빈이한테 손대지 마!"

강산이는 이명식 주먹을 피하더니 최기현에게 달려들었다. 최기현은 강산이와 뒤엉켜서 뒤로 넘어졌다. 내 휴대전화도 바닥에 떨어졌다.

"이 새끼가."

최기현이 몸을 틀어 바닥에서 빠져나왔고, 다른 네 명이 일제히 강산이에게 달려들었다. 다섯 명이 휘두르는 주먹과 발길질 아래 강산이가 무방비로 노출되었다.

"그만해!"

있는 힘껏 울부짖었지만 녀석들은 폭행을 멈추지 않았다.

그때였다.

에~에엥.

벌이 나타났다.

처음에는 서너 마리였는데 삽시간에 수백 마리로 불어났다. 벌떼는 이명식, 최기현 등을 무섭게 공격했다.

"이게 뭐야!"

벌을 쫓으려고 손을 야단스럽게 휘두르던 녀석들은 벌에 몇 방씩 쏘이고는 비명을 질러댔다. 고통에 발광하더니 미친 듯이 철조망 밖으로 도망쳤다. 나도 벌떼가 무서웠지만 강산이를 두고 도망칠 수는 없었다. 나는 바닥에 쓰러진 강산이에게 다가갔다. 강산이는 옷을 훌훌 털더니 아무렇지도 않게 일어났다. 얼굴에 피멍이 들었지만, 겉으로 보기에 큰 상처는 없었다. 그때 녀석들을 쫓아낸 벌떼가 돌아왔다. 빨리 피해야 했다. 그러나 강산이는 벌떼를 피할 생각이 없어 보였다. 태연하게 일어서더니 새끼 고양이를 향해 다가갔다. 이상하게도 벌떼는 우리 주위를 맴돌기만 할 뿐 공격하지 않았다. 문뜩 교실에 들어온 벌이 강산이 손에 내려앉던 장면이 떠올랐다. 벌떼는 강산이가 자기편이라는 걸 아는 듯했다. 나는 벌떼를 힐끗힐끗 살피며 강산이 옆에 바싹 붙었다.

새끼 고양이는 가시덤불 속에서 옴짝달싹도 못 했다. 가시덤불이 날카로운 데다가 목에 묶인 끈이 덤불에 얽힌 탓이었다. 설상가상 몸

곳곳에서 피까지 흐르고 있었다. 새끼 고양이는 구해달라고 애처롭게 울어댔다. 강산이 눈이 붉게 충혈되었다. 강산이는 맨손으로 덤불을 헤집었다.

"야, 그러다 다쳐! 그냥 119를 부르자."

놀라서 말렸지만 강산이는 아랑곳하지 않았다.

나는 서둘러 119에 전화를 걸었다. 사정을 설명하고 위치를 알리려고 하는데 강산이가 벌떡 일어났다. 강산이 품에 피범벅인 고양이가 안겨 있었다. 고양이가 애처롭게 울었다. 울음에 힘이 없었다. 반소매옷을 입은 강산이 팔뚝도 온통 피투성이였다. 고양이와 강산이가 흘린 피가 뒤범벅되어 흘렀다. 나는 재빨리 긴팔인 웃옷을 벗었다.

"이 옷으로 감싸."

똘망똘망 맑은 새끼 고양이 눈이 살려달라고 애원했다. 옷으로 고양이를 싸안은 강산이가 밖으로 빠져나갔다. 강산이는 빠른 속도로 걸었고, 나도 그 뒤를 따라갔다. 다행히 거리로 나오자마자 택시가 잡혔다.

"기사님, 혹시 일요일에 문 연 동물병원이 어디 있는지 아세요?"

"글쎄, 그런 것까지는 모르는데……."

"그럼, 잠시만요."

서둘러 검색해 보니 24시간 진료하는 동물병원이 도솔시에 딱 한 군데 있었다. 나는 아저씨에게 동물병원 주소를 보여드리고, 빨리 가 달라고 부탁했다. 강산이는 택시 타고 가는 내내 고양이를 꼭 껴안고 부드럽게 쓰다듬었다. 고양이는 가냘픈 숨을 내쉬며 죽지 않으려고 안간힘을 썼다.

택시는 시내 중심가에서 멈췄다. 택시가 멈추자마자 강산이가 고양이를 안고 뛰어내렸다. 나는 택시비를 계산하고 뒤늦게 따라 내렸다.

"강산아! 같이 가!"

강산이는 고양이를 안고 '24시간 응급 동물치료'라고 적힌 동물병원으로 달려갔다. 길거리에 있던 사람들이 기겁하며 피범벅인 강산이를 피했다. 강산이를 따라 동물병원으로 들어갔다. 우리는 다급하게 고양이를 살려달라고 부탁했다. 하얀 옷을 입은 동물병원 수의사 선생님은 이런 상황을 많이 겪은 듯 침착하게 고양이를 건네받았다. 선생님은 우리를 차분하게 안심시키고는 고양이를 데리고 진료실 안으로 들어갔다. 강산이와 나는 대기실에서 기다렸다.

"팔은 괜찮아?"

팔이 긁히고 찢긴 상처투성이였다.

"조금 긁혔을 뿐이야."

강산이가 주먹을 꽉 쥐었다.

"죽으면 어떡하지?"

걱정과 슬픔이 핏물이 되어 떨어졌다.

"괜찮을 거야, 강한 아이니까."

나도 살아나리란 확신이 없었지만 그렇게 말할 수밖에 없었다.

무거운 침묵 속에서 희망을 품고 기다렸다. 얼마 뒤 검사를 마친 수의사 선생님이 우리를 불렀다. 진료실에서 X-ray 사진과 몇 가지 검사 결과를 봤다. 새끼 고양이 상태는 심각했다. 수술해야 하는데, 보통 힘든 수술이 아니라고 했다.

"수술비가 얼마죠?"

강산이가 물었다.

"학생들이 감당하기엔 무리한 비용이에요."

수의사 선생님이 느릿하게 고개를 저었다.

"얼마인지 말씀만 해주세요."

"300만 원. 수술비만 해서 그 정도고, 수술 뒤에도 만만치 않은 비용이 들 거예요."

강산이가 입술을 물었다.

"잠깐 전화해도 되죠?"

내가 말했다.

"그래요."

나는 엄마에게 전화를 걸었다.

간단하게 상황을 설명했다. 동정심이 많은 엄마는 나 못지않게 안타까워했다.

"그래서 치료비가 얼마야?"

"300만 원이래."

"뭐? 300만 원?"

"수술비만 해서 그렇고, 그 뒤에도 많은 돈이 들 거래."

"혹시, 너 지금……."

"엄마, 어떻게 안 될까?"

"너는 우리가 재벌인 줄 아니?"

"엄마!"

"안 돼. 불쌍하지만 우리 집 사정에 그런 돈은 무리야."

내가 부탁하면 뭐든 들어주는 엄마다. 엄마가 이렇게 나오면 설득할 여지가 없었다. 사실 내가 엄마라도 들어주기 힘든 부탁이었다. 언니 애인에게 전화해 볼까 했지만 그만두었다. 아직 결혼한 사이도 아닌데 고기 사달라는 것도 아니고, 몇백만 원을 인연도 없는 고양이에게 써달라고 할 수는 없었다.

힘이 쭉 빠졌다. 금방 눈물이 흐를 것 같았다. 어느새 진료실에서 나온 강산이가 내 옆에 서 있었다.

"전화기 좀 빌려줘."

강산이가 내게 손을 내밀었다.

강산이가 엄마에게 전화하려나 보다 생각하며 휴대전화를 건넸다. 강산이는 번호를 누르더니 나지막하게 말했다.

"회장님 좀 바꿔주세요."

그제야 강산이 할아버지가 생각났다.

"저는 회장님 막냇손자인 김강산이라고 해요."

강산이가 감정을 억누르며 힘들게 숨을 들이쉬었다.

아버지를 죽게 만든 할아버지에게 부탁하는 전화였으니 그 힘겨움이 어떨지 어림조차 되지 않았다. 잠시 후, 할아버지와 통화했다. 강산이는 힘겹게 상황을 설명하고 치료비를 부탁했다. 가만히 듣고 있던 강산이 할아버지가 대뜸 소리를 질렀다. 나한테 들릴 만큼 컸다.

"3년 만에 할아버지한테 전화하면서 겨우 고양이 수술비를 달라는 거냐? 그것도 길고양이 수술비를?"

잠시 숨 막히는 침묵이 내리눌렀다. 강산이는 나를 한 번 보더니 전화기를 들고 조금 떨어진 곳으로 갔다. 할아버지 목소리는 안 들리고, 강산이가 나지막하게 대답하는 소리만 들렸다.

"……."

"네."

"……."

"네."

강산이는 '네'만 거듭했다.

"엄마도 같이 가게 허락해 주시면요."

"……."

"감사합니다."

전화기를 귀에서 떼더니 강산이는 진료실로 들어갔다. 나도 얼른 따라 들어갔다.

"제 할아버지세요."

강산이가 수의사 선생님에게 전화를 건넸다.

"여보세요."

수의사 선생님이 전화를 들었다.

“내 손자가 해달라는 대로 다 해줘.”

또다시 나도 들릴 만큼 큰 소리가 났다. 목소리에서 강한 힘이 느껴졌다.

“죄송하지만 전화로 말씀만 듣고 수술에 들어갈 수는 없습니다. 수술비만 300만 원이고, 그 이후 처치 비용도 만만치 않아서…….”

“양 비서, 이거 처리해.”

뒤이어 빠릿빠릿한 남자 음성이 들렸다.

“네, 회장님.”

수의사 선생님은 한참 통화하더니 전화기를 나에게 넘겨주었다.

“처음부터 할아버지가 그런 분이라고 말했으면 바로 치료했지. 비용은 다 처리됐으니까 바로 수술에 들어갈 거야.”

우리는 수의사 선생님에게 감사 인사를 하고 대기실로 갔다. 대기실에 앉아서 초조하게 기다리는데 직원 한 분이 들어왔다. 강산이 팔뚝에 난 상처를 치료해 주더니 잠깐 나갔다 오라고 했다.

“수술이 꽤 오래 걸릴 거야. 그러니 나가서 뭐라도 먹고 와요.”

“괜찮습니다. 대기실에서 기다리겠습니다.”

강산이가 대답했다.

“지치면 보호자 노릇도 힘들어요.”

“말씀대로 하자. 안 그래도 나 배고파.”

내가 재촉하자 그제야 강산이가 마지못해 따라 나왔다.

동물병원에서 나왔는데 정면에 우뚝 선 쇼핑센터 앞에는 경찰차와 작업 차량이 줄지어 서서 사람들을 통제하고 있었다. 쇼핑센터에 먹을 데가 많긴 하지만 이런 꼴로 쇼핑센터로 가고 싶지는 않았다. 동물병원 뒷골목으로 갔다. 여느 때 같으면 고민 없이 고기를 먹었겠지만 강산이가 있어서 식당을 찾는 데 애를 먹었다. 골목을 한참 돌아다니다 둘 다 무난하게 먹을 만한 분식을 골랐다. 기분을 풀어주려고 가벼운 이야기로 수다를 떨었지만, 강산이는 먹기만 할 뿐 딱히 별다른 반응을 보이지 않았다.

그러다 신비한 느낌이 작은 떨림과 함께 밀려들었다. 낯설면서도 익숙했고, 부드러우면서도 날이 서고, 얽힌 듯 풀리고, 휘몰아치다가 어루만졌다. 두려움과 호기심이 교차했다. 숨을 꾹 참고 온 힘을 쥐어짠 뒤에야 겨우 시선이 느껴지는 곳으로 고개를 돌릴 수 있었다. 나보다 두세 살쯤 많아 보이는 언니였다. 단아하게 앉아 나와 강산이를 응시하고 있었다. 부드럽고 단정한 머리카락은 착 가라앉은 채 길게 뒤로 내려앉았고, 피부는 촉촉하게 빛났으며, 입술은 짙고 도톰했다. 눈동자는 마주보기 부담스러울 만큼 진했다. 차가우면서도 어딘지 모르게 따스한 인상이어서 혼란스러웠다. 무엇보다 눈길을 끄는 것은 이마에 난 상처였다. 금방이라도 피가 배어날 듯해서 불안했다.

그 언니는 무표정하게 일어나더니 계산하고는 내 옆을 스쳐 지나갔다. 갑자기 코에서 자극이 올라왔다. 이럴 리 없다. 나는 냄새를 못 맡는데 어떻게 코에 자극이 있단 말인가? 오래도록 후각이 마비된 채로 살아서 낯설기는 했지만 분명 후각이 깨어난 것 같은 느낌이었다. 무슨 향기인지는 몰라도 향기인 것만은 분명했다. 있을 수 없는 일이 벌어진 것이다.

"저기요."

나는 얼른 그 언니를 불렀다.

"왜요?"

어딘지 모르게 익숙했다. 왜 이렇게 익숙한 기분이 드는지 모르겠지만 낯이 익었다.

"아주 예전에 저와 만나 적 있지 않나요?"

입술 꼬리가 슬며시 올라갔다.

"글쎄요. 그럴 수도 있고, 아닐 수도 있고."

차갑지만 다정했고, 날카로우면서도 부드러웠다. 감정이 뒤죽박죽으로 엉켰다. 어울리지 않는 요리를 한꺼번에 입 속에 욱여넣은 듯했다.

"분명히 봤어요. 그게 언제인지는 모르겠지만……."

"예전에 어땠는지는 모르지만, 아마 앞으로 다시 보게 될 거예요."

"그게 무슨 말이죠?"

그 언니는 강산이를 힐끗 보더니 살포시 웃었다.

"나중에 봐요."

"저기……."

내가 불러도 그 언니는 바람결에 실려 가는 꽃잎처럼 가게 문을 열고 사라졌다. 그 언니를 만나고 나니 가슴이 싱숭생숭했다. 혹시 싫어서 음식에 코를 바짝 대봤는데, 후각 기능은 여전히 고장 난 전화처럼 먹통이었다.

분식집에서 나왔다. 거리는 하나둘 켜진 간판에 점점 화려한 빛깔로 변하고 있었다. 푸른 조명이 켜진 동물병원으로 돌아와 수술이 끝나길 기다렸다. 엄마한테 전화가 왔다. 나는 수술이 끝나길 기다린다면서 나중에 들어가겠다고 했다. 강산이도 자기 엄마에게 전화 걸어 사정을 설명했다. 수술은 거리가 온갖 불빛으로 채워질 때쯤에야 끝났다. 길고 긴 수술이었다.

"생각보다 상태가 심각했지만 수술은 잘 끝났어요."

천만다행이었다.

"그렇지만 회복을 잘할지는 모르겠어요. 오랫동안 묶여서 시달렸는지 체력이 바닥이에요. 이제 운명에 맡기는 수밖에 없어요."

유리 너머 회복실에 누워 있는 새끼 고양이를 바라보며, 나와 강산이는 무사히 회복하기를 빌고 또 빌었다. 시간이 더디게 흘렀다. 엄마에게 또 전화가 왔다. 당장 들어오라고 했지만 나는 고양이가 깨어난 뒤에야 갈 수 있다고 고집을 부렸다. 몇 번이나 전화해 들어오라고 설득하던 엄마는 결국 포기했고, 얼마 뒤에 아빠가 병원으로 왔다.

아빠와 나, 강산이까지 셋이 함께 새끼 고양이가 건강하게 되살아나기를 기다렸다.

"잠깐 좋아졌다가 나빠지고, 좋아졌다가 나빠지고를 거듭하네요.

오늘 밤이 고비라 어찌 될지 모르겠어요."

초조한 기다림이 길게 이어졌다.

자정이 넘고 새벽 2시가 되었다. 침울한 얼굴로 수의사 선생님이 나타났다. 그리고 듣고 싶지 않은 소식을 듣고 말았다.

"아무래도 안 되겠네요. 마지막 가는 길을 지켜보려면 들어오세요."

터지려는 울음을 꾹 참고 새끼 고양이에게 다가갔다.

새끼 고양이는 곧 끊어질 듯 가는 숨을 몰아쉬었다. 강산이가 조심스럽게 고양이를 품에 안고, 뒷덜미를 어루만졌다. 고양이가 파란 눈동자를 껌벅이며 강산이와 눈인사를 했다. 강산이 눈에서도 푸른빛이 돌았다.

"잘 가. 너를 괴롭히는 인간이 없는 곳에서 행복해지렴."

강산이가 나지막이 속삭였다.

새끼 고양이 눈에 푸른 눈물이 맺히더니 몸이 축 처졌다.

참았던 눈물이 고장 난 수돗물처럼 쏟아졌다. 아빠가 나를 꼭 안았다. 아빠 품에 안겨서 하염없이 울었다. 강산이는 울지 않았다. 가만히 앉아서 숨이 멈춘 고양이를 부드럽게 어루만지기만 했다.

수의사 선생님이 화장해 주겠다고 했지만, 강산이는 자신이 직접 묻어주겠다고 했다. 아빠 차로 강산이 집으로 갔다. 나와 아빠, 강산이와 강산이 엄마가 함께 애달픈 죽음을 애도하며 장례를 치렀다. 강산이는 정성스럽게 무덤을 만들었고, 새끼 고양이 눈동자를 닮은 푸른 꽃 한 송이를 무덤 위에 올려놓았다.

06

고양이의 복수

'이명식, 최기현, 박대수, 구찬민, 신영호!'

이 이름들에 화가 났다. 이가 갈렸다. 얼마나 심하게 괴롭혔기에 몇 시간씩 수술해야 할 정도로 몸을 망가뜨렸단 말인가? 어떻게 그 어리고 연약한 생명을 그렇게 잔혹하게 괴롭힐 수 있단 말인가? 더구나 살려고 도망친 새끼 고양이를 향해 돌까지 집어 던지다니……. 그런 악당들과 같은 반에서 지내야 한다니 몸서리치도록 끔찍했다.

그냥 없는 일인 척 넘어갈 수는 없었다. 동물학대죄로 처벌받게 만들지는 못해도, 친구들과 선생님께 알려서 손가락질받게 만들겠다고 다짐했다. 집에 돌아와 침대에 누웠지만 슬픔과 분노 때문에 잠이 오지 않았다. 새벽빛이 푸르스름하게 창가를 채울 때쯤 설핏 잠들었다가 금방 다시 깼다.

아침에 유미와 보미를 만나자마자 어제 겪은 일을 알렸다. 유미와 보미는 깜짝 놀라며 주변에 적극 알리겠다고 약속했다. 짜증나는 얼굴을 마주할 각오를 단단히 하며 교실에 들어갔다. 어떻게 하면 친구들에게 어제 겪은 일을 널리 알릴지 고민하며 자리에 앉았다. 강산이도 나 못지않게 초췌했다. 강산이에게 뭐라고 말을 걸려는데 누가 내 어깨를 툭 쳤다. 전주혜가 삐딱하게 서서 나를 내려다보고 있었다.

"좋겠네."

말투도 삐딱했다.

"뭐가?"

전주혜 얼굴에 이명식이 겹쳤다. 구역질이 났다.

"짝꿍이랑 비밀 연애하면서 데이트도 하니 좋겠다고."

"뭐?"

어이가 없었다.

"무슨 말도 안 되는……."

"호박씨 까기는! 어제 시내에서 사이좋게 알콩달콩 다니는 거 다 봤어."

전주혜가 시내에서 나와 강산이를 본 모양이었다.

"그건 고양이……."

내가 뭐라고 설명하려는데 전주혜는 내가 마저 말할 기회를 주지 않았다.

“이상구가 봉 잡았지. 냄새 못 맡는 짝이랑 연애라니 천생연분이잖아. 크크크.”

“아니라고!”

버럭 소리를 질렀다.

“강한 부정은 뭐다?”

전주혜가 내 뒤를 보고 물었다.

“긍정이지!”

언제 왔는지 권은희와 황승예가 연습이라도 한 듯이 이구동성으로 외쳤다.

“넌 참 착해.”

또다시 뜬금없는 말이었다.

“……?”

“평생 구린내 나서 연애도 못 할 애를 구해줬으니, 얼마나 착해?”

권은희와 황승예가 손뼉 치며 깔깔거렸다. 주변에서 따라 웃는 애들도 있었다.

“그거 알아? 하긴 넌 모르겠구나.”

전주혜가 코를 바짝 들이댔다. 그러고는 냄새 맡는 시늉을 했다.

“너한테서도 이상한 냄새 나!”

세게 쏘아붙이고 싶었지만, 전주혜한테 맞서기엔 내 말재주가 한없이 부족했다.

“여자 이상구 탄생이네. 크크크.”

"내일부터는 탈취제라도 들고 다녀야겠어."

권은희와 황승예가 잇달아 나를 놀려댔다.

이런 놀림이나 괴롭힘은 처음 겪는 일이었다. 단 한 번도, 그 누구도 감히 나에게 이따위로 군 적이 없었다. 어릴 때부터 엄마 아빠에게 무한한 사랑을 받았고, 할머니는 당신보다 더 나를 사랑했다. 주변 어른들도 늘 잘해주었다. 내가 만난 선생님들 가운데 나를 아끼지 않은 분은 아무도 없었다. 친구들과도 사이가 좋았고, 가깝지 않더라도 나를 나쁘게 말하는 애는 한 명도 없었다. 그러니 이런 상황이 당황스러울 수밖에 없었다. 처음 겪는 일이라 어떻게 대처해야 할지 갈피를 잡지 못했다.

"그만들 해!"

보미가 전주혜를 밀치며 내 앞을 가로막았다.

"끼리끼리 잘들 노네."

전주혜는 보미를 가볍게 무시하고는 권은희, 황승예와 함께 계속 나를 비웃었다.

"너희들 자꾸 그러면 선생님께 말씀드릴 거야."

보미가 당차게 나갔다.

역시 보미는 내 친구였다. 보미가 참 고마웠다.

"어유, 그러셔요."

전주혜, 권은희는 계속 빈정대며 자기 자리로 돌아갔다.

"여자친구가 괴롭힘당하는데 모른 척하다니……."

강산이 뒤편에 서 있던 황승예는 진하게 화장한 얼굴을 강산이한테 바짝 들이밀었다.

"뽀뽀는 해봤냐?"

붉게 칠한 입술에서 상상도 못 할 단어가 튀어나왔다.

강산이는 빳빳하게 굳은 채 아무런 대꾸도 하지 못했다. 황승예는 허리를 잡고 깔깔거렸다. 수많은 눈길이 나에게 쏠렸다. 모든 시선이 나와 강산이에게 맞춰진 듯했다. 억울해서 미칠 것 같았다. 죽어가는 고양이를 살리러 간 것이지 데이트가 아니라고 항변하고 싶었지만, 내 말을 곧이곧대로 믿어줄지 확신이 서지 않았다. 화가 나서 어찌할 바를 모르다 퍼뜩 이상한 생각이 들었다.

'설마! 이명식 때문에 일부러?'

그게 아니면 설명이 되지 않았다. 이명식이 자기 만행을 감추려고 전주혜를 시켜서 선수 친 거다. 애들 관심을 딴 데로 돌리고, 나도 강산이처럼 이상한 애로 낙인찍으려고. 억울했지만 증거가 없었다. 사진이나 동영상을 찍었으면 말이 필요 없을 텐데, 그 순간에 제대로 증거를 확보하지 못한 내가 바보 같았다. 못된 놈들을 혼내주지도 못하다니 새끼 고양이에게 미안했다.

결국 내 계획은 무산되었다. 나와 강산이가 사귄다는 소문이 빠르게 퍼졌고, 고양이를 괴롭힌 소문은 낼 기회조차 얻지 못했다. 선생님께 알리고 싶었지만, 확실한 증거가 없으니 과연 내 말을 믿어줄지 확신할 수 없었다. 자신감이 바닥으로 떨어졌다. 태어나서 처음 겪는 낯선 감정에 혼란스러웠다. 답답하고, 어지럽고, 속이 쓰리고, 심장이 조여왔다. 난생처음으로 내가 미웠다.

점심도 먹고 싶지 않았다. 보미가 달래서 겨우 힘을 냈다. 늦게 배식받아 자리에 앉았다. 좋아하는 고기가 나왔지만 당기지 않았다. 고기를 눈앞에 두고 입맛이 돌지 않는 나 자신이 낯설었다. 유미도 내 옆에 앉아 성심껏 위로했지만 그다지 힘이 되지는 않았다. 느릿하게 젓가락질했다.

'어디부터 어긋난 걸까?'

눈앞이 푸르스름하게 변했다.

'이제 어떻게 해야 하지?'

고기를 씹는데 맛이 느껴지지 않았다. 식판에 고기가 반이나 남았는데 더는 먹고 싶지 않았다. 머리가 바늘로 찌른 듯이 아팠다. 어깨를 방망이로 두들겨 맞은 듯했다. 팔에서 힘이 쭉 빠져나갔다. 가슴이 찌릿하더니 혈관이 닿는 모든 곳으로 이 슬픔을 보냈다. 아픔이 신경회로를 타고 전신으로 퍼지고, 피부가 온통 멍이 들어 푸르뎅뎅하게 죽어갔다.

"휴."

해맑기만 하던 내 삶에 느닷없이 찾아온 고통은 내 깜냥을 한참 넘어섰다. 속이 매스꺼웠다. 젓가락을 들 힘이 없었다. 한숨을 들키지 않도록 내쉬고, 젓가락을 내려놓았다. 식판이 죽은 생명들이 토해놓은 절규로 시퍼렇게 젖어 들었다. 더는 그 자리에 머물 수 없었다. 식판을 듣고 일어나려고 마음먹었지만, 다리에 힘이 들어가지 않았다. 그대로 일어섰다간 식판을 든 채 바닥으로 쓰러질 것 같았다. 푸른 안개가 눈으로 몰렸다. 눈물이 새어 나올 것 같았지만 얕보이기 싫어서 꾹꾹 막았다. 입을 앙다물고 식판을 잡았다. 다리에 힘을 주었다.

그때였다.

"우웩~!"

누가 격하게 토했다.

"아, 더러워."

"야, 새끼야."

"더럽게!"

욕이 터지고 의자가 끌리며 여러 명이 우당탕 일어섰다. 바로 옆에 있던 애들뿐 아니라 조금 떨어져서 급식을 먹던 애들도 야단법석이었다.

"우~~웩!"

토했던 애가 몸을 돌려 바닥으로 쓰러지며 다시 토악질했다. 새파랗게 질린 얼굴이 눈에 들어왔다.

'이명식이잖아!'

급식실 바닥에 지저분한 토사물이 넓게 퍼졌다. 토사물을 본 애들이 여기저기서 헛구역질하자, 그렇지 않은 애들까지 식사를 멈추고 서둘러 자리를 피했다. 파장은 도미노처럼 급식실 전체로 퍼졌고, 더는 급식을 먹을 수 없을 만큼 난장판이 되었다.

그 와중에도 이명식은 계속 먹은 걸 게워냈다. 얼굴빛이 새파랗게 질렸다. 불쌍하다거나 걱정스럽다는 생각은 일절 들지 않았다. 도리어 통쾌했다. 그래서 나는 그 자리를 피하지 않고 못된 이명식이 고통당하는 꼴을 끝까지 지켜보았다. 영양사 선생님이 이명식을 데리고 나가고, 다른 분들이 와서 바닥을 깨끗이 닦았다. 그러나 그 주변에는 애들이 앉으려 하지 않았다. 더는 먹지 못하고 나가버리는 애들도 많았다. 여기저기서 이명식이 더럽다는 비난이 이어졌다. 급식실에서 식판과 바닥에 대놓고 토했으니, 당분간 이명식은 기피 대상 1호가 될 게 뻔했다. 통쾌한 인과응보였다. 못된 심보지만 며칠은 심하게 앓기를 바랐다.

이명식이 워낙 엄청난 사건을 일으켜서, 나와 강산이가 사귄다는 헛소문은 더 이상 아이들 입에 오르내리지 않았다. 이명식을 향한 혐오가 반 단체대화방을 장악했다. 밤잠을 설쳐서 졸음이 쏟아졌지만, 단체대화방에서 오가는 대화를 끝까지 확인한 뒤에야 잠이 들었다.

화요일 아침, 다시 봄날을 맞은 벚꽃처럼 해맑게 학교로 갔다. 지난 이틀 동안 겪었던 극심한 감정 변화가 어느 정도 가라앉았기 때문이다. 보미, 유미와 즐겁게 아침 수다를 떨었다. 교실에 들어설 때는 자기 자리에 앉아 있는 강산이에게도 반갑게 인사를 건넸다. 강산이는 낯빛이 여전히 어두웠지만 내게만은 짧은 웃음을 지었다. 그러나 그 밝음은 단 몇 분도 가지 못했다.

"이 구린내는 뭐냐?"

최기현이 교실에 들어오자마자 짜증을 냈다. '구린내'라는 말이 겨냥하는 대상이 누구인지는 너무 뻔했다.

"야, 이상구! 너 이 새끼, 씻지도 않냐?"

강산이만 보면 늘 내뱉는 말이었지만 그 강도가 여느 때와 사뭇 달랐다.

"똥통에서 구르다 왔나. 코가 썩겠네. 아휴, 돼지새끼도 아니고."

도저히 참을 수 없었다. 내가 냄새를 못 맡기는 하지만 강산이한테서 그런 냄새가 날 리 없었다. 명백한 언어폭력이었다.

막 따지려고 하는데 강산이가 내 손을 잡았다. 나와 눈이 마주친 강산이가 고개를 설레설레 저었다.

'왜?'

소리는 내지 않고 물었다.

'싫어.'

강산이는 단호했다.

본인이 그렇다면 어쩔 수 없었다. 제지하지 않으니 최기현은 멈추지 않고 거친 말을 계속 내뱉었다.

"교실이 똥밭이야 뭐야? 누가 똥 쌌나?"

최기현 얼굴이 험악하게 일그러졌다.

"야, 너는 얼굴에 음식쓰레기라도 처바른 거냐?"

최기현이 난데없이 자기 짝꿍인 수지에게 시비를 걸었다.

"너 미쳤어?"

수지가 버럭 화를 냈다.

최기현은 코를 벌름거리며 수지에게 바짝 다가가 냄새를 맡았다.

"으웩, 썩은 내!"

최기현이 헛구역질했다.

"생선 썩은 내가 나잖아."

최기현이 코를 움켜쥐었다.

"뭐래?"

수지는 창피함에 얼굴이 새파랗게 질렸다. 그렇지만 최기현이 워낙 강하게 나와서 뭐라고 맞서지도 못했다.

"최기현! 너 미쳤냐? 아침부터 왜 지랄이야?"

뒷좌석에 있던 신영호가 최기현 뒤통수를 때렸다. 최기현과 친한 신영호는 오래전부터 수지를 좋아했기 때문에 말리고 나선 것이다.

"왜 때려, 새끼야?"

"너 이 새끼 미쳤냐? 수지한테 무슨 냄새가 난다고 지랄이야, 지랄이!"

"저년한테 생선 썩은 내가 나니까 난다고 하지. 내가 냄새도 안 나는데 난다고 하겠냐?"

"이 새끼, 진짜 돌았네."

신영호가 어이없어했다.

"가만, 너……, 너도 저년이랑 같이 음식 쓰레기 밭에서 굴렀냐?"

“뭐? 이 자식이 보자 보자 하니까.”

신영호는 주먹이라도 휘두를 기세였다.

“으윽, 너 좀 씻어라. 으웩!”

최기현이 헛구역질이 나는지 입을 막으며 몸을 틀었다.

신영호는 더는 참지 못하고 책상 위로 몸을 날리더니 최기현에게 주먹을 뻗었다. 주먹은 최기현을 제대로 맞추지 못했다. 주먹이 날아오는 순간, 최기현이 구토하며 바닥에 엎어졌기 때문이다. 최기현이 내뱉은 토사물이 교실 바닥에 뿌려졌다.

여기저기서 비명이 터졌다. 급히 피하느라 책상과 의자가 넘어지면서 교실은 삽시간에 난장판으로 변했다.

“미쳤네. 미쳤어!”

다들 멀찌감치 떨어져 욕설과 비난을 쏟아냈다.

최기현은 바닥에 엎드린 채 연신 토사물을 쏟아냈다. 여학생들은 거의 다 복도로 도망쳤고, 몇몇 남자애들도 최대한 먼 데로 물러났다. 비위가 약한 애들은 헛구역질하며 괴로워했다. 나는 묵묵히 제자리에 앉아서 최기현이 괴로워하는 꼴을 지켜보았다. 그 꼴이 어제 이명식과 똑같았다.

‘우연일까? 아니면…….’

어떤 직감이 떠올랐지만 황당한 발상이라 얼른 머리에서 지웠다.

최기현은 더는 토사물을 쏟아내지 않았다. 그러나 계속 헛구역질하며 누런 물을 뱉어냈다. 얼굴이 핏기 없이 창백해졌지만 불쌍하다는 마음은 쌀 한 톨만큼도 들지 않았다.

'너는 당해도 싸!'

잔인했지만 내 감정이 잘못이라고 생각하지는 않았다.

보건 선생님이 와서 최기현을 데리고 나갔다. 누가 보건실에 알린 모양이었다. 최기현이 사라졌지만 아무도 움직이지 않았다. 누구 하나 토사물을 치우려고 나서지 않았다. 내가 비록 냄새를 맡진 못하지만 남 토사물을 치울 만큼 비위가 좋진 않다. 그때 강산이가 일어나 청소도구를 챙겨 오더니 토사물을 묵묵히 치웠다. 물걸레를 몇 번이나 빨고, 비누칠까지 해가면서 바닥을 깨끗이 닦아냈다. 강산이가 치우는 동안 아무도 거들지 않았다. 선생님이 조회하러 들어올 때가 되자 아이들은 조심스럽게 교실로 들어와 앉았다.

선생님은 혹시 어제 학교 급식을 먹고 이상 증세를 느낀 사람이 없는지 물었다. 이명식에 이어 최기현까지 구토하니 학교 급식에 문제가 있는 건 아닌지 의심하는 듯했다. 그러나 학교 급식에는 아무런 문제가 없었다.

화요일 밤, 밤새 이상한 노랫소리에 시달리느라 잠을 제대로 못 잤다. 아파트 전체에서 노래가 들리는데 소름 끼치게 무서웠다. 엄마 아빠 사이에 누워 귀를 막아도 노래가 계속 들렸다. 게다가 수도꼭지에서 썩은 물이 나와서 더 무서웠다.

수요일, 아침이 되자 오늘 임시 휴교라는 문자가 왔다. 부모님 두 분 다 회사에 가면 혼자 집에 있어야 하는데, 괜히 무서웠다. 다행히 아빠가 월차를 내서 한시름 덜었다. 썩은 물이 나와서 씻지는 못했지만, 집에 생수가 많아서 하루를 버티는 데 어려움은 없었다.

목요일, 또 학교에 안 갔다. 아빠도 월차를 쓸 수 없는 상황이었다. 하는 수 없이 아빠가 나가실 때 보미네 집으로 갔다. 보미와 함께 있으니 조금 나았다. 텔레비전을 보는데 긴급속보로 거대한 쓰레기 폭풍이 몰아치는 뉴스가 나왔다. 엄청난 쓰레기 회오리였는데 그대로 시내로 들이닥치면 큰일 날 듯했다. 위험한 상황이 닥치면 아파트 지하주차장으로 대피하라는 아파트 안내방송이 이어졌다. 두려움에 떨며 대피 준비를 하는데, 기적처럼 쓰레기 폭풍이 사라졌다. 도시 곳곳에 쓰레기가 뿌려졌지만, 폭풍이 몰아치진 않아서 천만다행이었다.

금요일, 물은 정상으로 나왔다. 학교에서는 하루 더 휴교한다는 문자가 왔다. 그래서 유미, 보미와 함께 우리 집에서 놀았다. 학교에 안 가고 친구들과 함께 낮 시간을 보내니 그렇게 좋을 수가 없었다.

토요일, 하늘에 붉은 바람이 불었다. 어마어마한 붉은 모래가 도솔시를 뒤덮었다. 방문과 창문을 모두 닫고 집에서 꼼짝도 하지 않았다. 붉은 모래바람은 일요일 오후가 돼서야 완전히 걷혔다. 붉은 모래바람 때문에 시내는 엄청난 난리였다고 했다. 시청이 부서지고, 수많은 사람이 다치는 대참사였다.

월요일, 새로운 기분으로 학교에 갔는데 반 분위기가 심각했다. 박대수와 구찬민이 최기현과 이명식처럼 심하게 구토해 병원에 입원했다는 소식이 전해졌다. 네 명 모두 냄새 때문에 괴로워하고, 음식을 입에 대면 이상한 맛이 나 다 토한다고 했다. 학교 급식에서는 아무 문제가 발견되지 않았다. 넷이 함께 어울리는 사이라는 점에 주목해 조사해도 원인이 발견되지 않았다고 했다. 그 넷과 함께 어울려 다니던 신영호는 긴장한 기색이 역력했다.

애들에게 들은 소식이 선생님 입에서 반복되었다. 선생님은 상황을 자세히 설명한 뒤에 원인을 밝힐 만한 정보가 있으면 뭐든 말하라고 했지만 새로운 정보는 나오지 않았다. 밝히지는 않았지만 나는 짐작 가는 바가 있었다.

'설마, 죽은 새끼 고양이가 저주를 내린 걸까?'

밀쳐놓았던 생각이 다시 비집고 들어왔다. 황당한 발상이라서 선생님에게 말하지는 않았다. 그러나 신영호에게 확인할 필요는 있었다. 신영호에게 말을 걸 기회는 3교시 체육 시간에 찾아왔다. 모처럼 체육관이 아니라 운동장에서 체육활동을 하다가 잠시 쉴 때였다. 그늘에 혼자 있는 신영호에게 슬쩍 다가갔다.

"너, 겁나지?"

"저리 가! 그딴 얘기, 하고 싶지 않으니까."

신영호는 바짝 날이 선 칼 같았다.

돌려서 말하거나 은근히 떠볼 생각은 애초에 없었다. 나는 직진으로 찔렀다.

"고양이 때문이야. 너도 그렇게 생각하지?"

신영호가 눈을 부릅떴다. 동공이 심하게 흔들렸다.

"죽은 새끼 고양이가 너희들한테 저주를 내린 거야."

날씨는 포근했지만 신영호는 한겨울인 것처럼 떨었다.

"도대체 새끼 고양이한테 무슨 짓을 했어?"

"뭔 헛소리야?"

신영호가 벌떡 일어났다.

"죄를 고백해. 그리고 용서를 빌어. 그렇지 않으면……."

"지랄하네."

신영호는 내 말을 욕으로 끊어버리고는 그 자리를 떴다.

비틀비틀 걸어가는 신영호를 눈으로 뒤쫓는데 기묘한 이질감이 들었다. 멀어지는 신영호를 얼른 따라갔다. 이질감을 느낀 원인을 정확히 확인하고 싶었기 때문이다. 신영호 뒷모습을 자세히 관찰하다가 바닥을 보고 소스라치게 놀랐다.

'그림자가 없어!'

해는 밝게 빛나고 다른 이들은 짙은 그림자가 따라다니는데 신영호에게만 그림자가 없었다. 마치 공포영화에 나오는 귀신처럼.

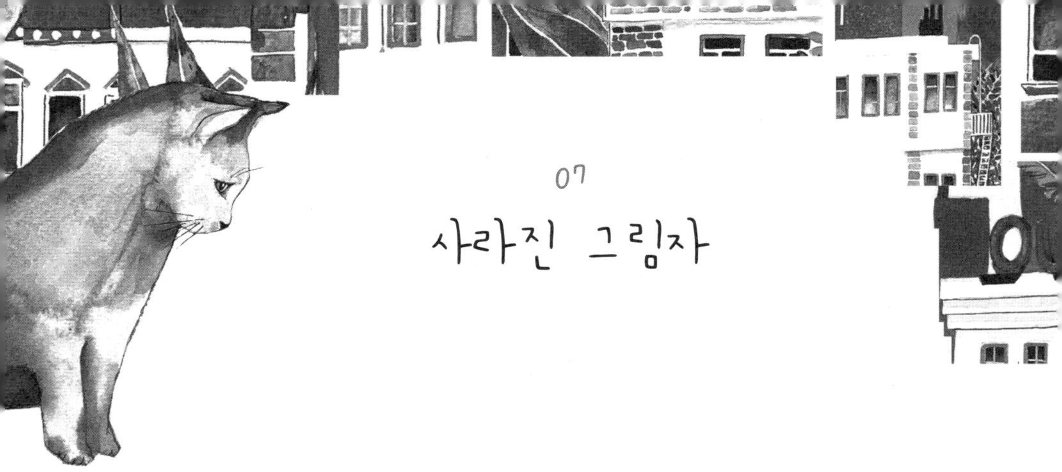

07

사라진 그림자

4교시는 지루했다. 선생님 목소리는 낮게 깔리고, 높낮이가 없었다. 안 그래도 체육 시간에 땀을 흘리며 운동장을 뛰어다닌 탓에 더 졸렸다. 이곳저곳에서 애들이 책상으로 푹푹 쓰러졌다. 그러거나 말거나 선생님은 잔잔한 설명을 이어 갔다. 잠자는 애들을 깨우지도 않았다. 쓰러지지 않고 수업을 듣는 학생 중 한 명이 나였지만 나 역시 별수 없었다. 결국 밀려오는 잠을 막아내지 못했다. 잘 때 자더라도 선생님께 예의를 지키고 싶어서, 책상에 엎드리지는 않고 손으로 턱을 괴고 상체를 세운 채 눈을 감았다. 고양이 솜털처럼 포근한 잠에 빠져들었다. 새끼 고양이가 나오는 꿈을 꾸며 달콤함에 젖어 들다가, 느닷없는 비명에 꿈이 악몽으로 바뀐 줄 알았다.

"아아아아악!"

신영호가 의자 옆으로 넘어진 채 나뒹굴고 있었다. 잠에 빠졌던 애들이 혼비백산하며 깨어났다. 선생님이 얼른 다가갔지만, 신영호가 몸부림치며 바닥을 뒹구는 바람에 아무런 조치도 취할 수 없었다.

"아아아악!"

고통에 짓눌린 비명이 끊임없이 터졌다. 신영호 입에서 푸른 거품이 일었다.

"내가 널, 잡았어."

"아아아악!"

"용서해 줘"

"아아악!"

비명 사이사이에 신영호는 자기가 저지른 죄를 털어놓았다. 새끼 고양이를 처음 붙잡은 사람은 신영호였다. 소름이 돋았다. 내 생각이 맞았다. 새끼 고양이가 자신을 죽인 놈들에게 복수하고 있었다.

보건 선생님이 다급히 뛰어왔다.

"왜 그래? 어디가 아파?"

신영호는 몸부림을 멈추고 점점 굳어가며, 진동이 울리는 휴대전화처럼 덜덜 떨었다.

"뼈가…… 으아악! 다리뼈가…… 흐으윽…… 팔뼈도 부러져…… 으으윽!"

보건 선생님이 신영호 몸을 만졌다.

"여기가 아프니?"

"으아악! 또…… 으아악……!"

신영호는 더는 말을 잇지 못하고 결국 기절했다. 신영호는 응급차에 실려 갔다.

종례 시간에 선생님이 신영호가 어떤 상태인지를 알려주었다. 신영호는 온몸에서 고통을 느끼는데, 뼈가 부러지거나 인대가 손상된 흔적은 없다고 했다. 진통제를 맞지 않으면 잠시도 견디지 못할 정도로 극심한 고통을 겪는다고도 했다. 이전에 입원한 애들이 이상한 냄새와 맛 때문에 고통을 당한다면, 신영호는 다치지도 않았는데 온몸에서 통증을 느끼는 상태였다.

신영호가 겪는 증상은 새끼 고양이가 내린 저주가 아니라면 설명되지 않았다. 새끼 고양이가 겪은 고통을 신영호도 그대로 겪는 것이다. 새끼 고양이를 처음 붙잡은 사람이 신영호라서 고통도 가장 강하게 겪는 것 같았다. 선생님은 거듭해서 다섯 명과 공통으로 얽힌 사건이 혹시 있는지 생각해 보라고 부탁했지만, 나는 그날 일을 말하지 않았다. 선생님이 믿지 않을 것 같기도 했지만, 그 녀석들이 고통을 당할 만큼 당해야 한다는 판단이 더 강하게 작용했다.

다섯 명이 당했으니 더는 그런 일이 벌어지지 않으리라 여겼다. 새끼 고양이는 심성이 착하니 저주를 오래 끌지 않으리라고 믿었다. 그러나 내 예측은 빗나갔다.

화요일, 친구들과 함께 등교하는데 전주혜 무리가 보였다. 되도록 가까이하고 싶지 않은 애들이라 일부러 발걸음을 늦췄다. 나무 그늘을 지나자 강한 햇살이 쏟아졌다. 가을보다는 여름에 어울리는 햇살이었다. 전주혜 무리가 햇살을 피해 그늘로 들어갔다. 우리는 걸었고 전주혜는 멈추다 보니 거리가 가까워졌다. 전주혜 앞을 지나갈 수밖에 없었다. 눈치채지 않게 걷는 속도를 높였다. 유미에게 바짝 붙었다. 껄끄러운 나와 달리 전주혜는 내게 별 관심을 보이지 않았다. 다행이라 여기며 걸음을 재촉했다. 전주혜 옆을 막 스쳐 지나가려는데 느닷없이 푸르스름한 연기가 피어나며 시야가 흐릿해졌다. 갑작스러운 현상이라서 가슴이 철렁 내려앉았다. 눈을 질끈 감았다가 다시 떴다. 푸르스름한 연기는 보이지 않았다. 주변 사물은 그 형태가 분명했다.

"왜 그래?"

유미가 물었다.

"아, 잠깐 착각해서……."

대충 얼버무리고 다시 걸음을 옮겼다. 건물 출입문에 도착해 손가방에서 실내화를 꺼냈다. 전주혜 목소리가 들렸다. 얼른 실내화를 신고 신발을 들었다. 흘깃 전주혜를 봤다가 또다시 이질감이 들었다. 아무리 봐도 이상했다. 있어야 할 게 없었다.

'신영호처럼 주혜한테도 그림자가 없어!'

심장이 빠르게 뛰었다.

'이게 도대체 어찌 된 일이지? 그 푸른색 연기는 또 뭘까? 설마 주

혜도 신영호처럼 그런 일을 당하는 거야?'

온갖 생각이 뒤죽박죽 얽혔다.

"너 또 왜 그래?"

"어디 몸 안 좋아?"

유미와 보미가 걱정스럽게 물었다.

"아, 아무것도 아니야."

문으로 들어가면서 가까이 다가오는 전주혜를 다시 봤다. 확실히 그림자가 없었다. 그런데 전주혜 그림자가 사라진 걸 알아챈 사람은 아무도 없었다. 내 눈에만 그림자가 안 보이는 건지, 아니면 그림자가 안 보이는데 다른 애들이 알아채지 못하는 건지 알 수 없었다. 만약 내 눈에만 그림자가 안 보이는 거라면 문제가 심각해진다. 아무래도 보미와 상의해 봐야겠다.

보미와 상의할 기회는 찾아오지 않았다. 1교시 수업 도중에 전주혜가 발작을 일으켰기 때문이다. 전주혜는 몸에 벌레가 기어 다닌다면서 난리를 피웠고, 바로 보건실로 옮겨졌다. 보건실에 간 뒤에도 진정되지 않아 또다시 구급차가 학교로 출동했다.

이쯤 되니 학교에는 비상이 걸렸다. 2교시가 되자 우리 반은 모두 다른 교실로 이동해야만 했다. 한 반에서 남학생 다섯 명과 여학생 한 명이 이상 증세를 보이니, 우리 반 교실에 문제를 일으키는 원인이 있다고 여긴 것이다. 우리 반 교실은 봉쇄되었고, 하얀 방호복을 입은 사람들이 교실에 드나들었다.

수요일 오전 체육 시간, 반 분위기는 심란해도 피구에 한창인 애들 표정은 한없이 밝았다. 나는 혹시나 그림자가 사라진 애들이 더 있는지 눈여겨봤다. 다행히 경기가 끝날 때까지 그런 애는 없었다. 잠시 그늘에서 쉴 때였다. 보미와 나란히 앉아서 이야기를 나누는데 멀리 권은희가 보였다. 권은희 옆에는 같이 어울리는 황승예와 장혜영이 있었다. 늘 함께 다니는 전주혜가 사라져서인지 셋은 여느 때와 달리 조용했다. 세 명을 둘러싼 공기가 무겁게 느껴졌다. 하늘이 점점 가라앉는 듯했다. 푸른 기운이 연기처럼 흐트러지더니 권은희 머리 위로 내려앉았다. 전주혜와 똑같은 현상이었다.

다시 피구 경기가 진행되었다. 혹시 몰라 권은희 그림자를 확인했는데, 처음에는 그림자가 보였다. 그러다 경기가 한참 무르익을 즈음부터 사라졌다. 나는 권은희에게 한눈을 팔다가 공에 맞아서 밖으로 나갔다. 보미도 잠시 후 공에 맞아서 나왔다. 나는 보미에게 귀엣말했다.

"너, 혹시 은희 그림자 보여?"

"그림자?"

보미가 되물었다.

"응, 그림자 보이냐고."

보미가 권은희를 힐끗 보더니 나를 똑바로 봤다.

"그림자야 당연히 보이……."

대답하던 보미 표정이 바뀌었다.

"너 설마, 은희 그림자가 안 보이는 거야?"

나는 대답하지 않았다. 아니 대답하지 못했다. 뭐라고 설명해야 할지 갈피를 잡을 수 없었다.

"나빈이 너, 눈이 아픈 거야?"

보미가 걱정하며 물었다.

"내 눈은 멀쩡해."

"그런데 왜?"

"나도 모르겠어. 뭐라고 설명해야 할지……."

나는 입을 꾹 다물었다가 다시 뗐다.

"조금 뒤에 은희도 다른 애들처럼 이상한 일을 겪을지도 몰라. 만약 그러면 어찌 된 일인지 설명할게."

보미는 심각한 표정을 짓더니 더는 묻지 않았다.

피구가 끝나고 교실로 들어왔다. 나는 권은희에게서 눈을 떼지 않았다. 오전 수업이 끝날 때까지 권은희는 멀쩡했다. 권은희에게 아무 일도 일어나지 않아서 다행이라고 생각했다. 권은희가 싫지만 다른 애들처럼 끔찍한 일을 겪는 걸 바라지는 않았다. 그러나 내 바람은 여지없이 깨졌다. 권은희는 급식실 입구에서 썩은 내가 난다면서 헛구역질했다. 헛구역질이 심해지더니 결국에는 위액까지 토했다. 그러고도 구토를 멈추지 못하고 괴로워했다. 주변에 있던 애들이 재빨리 교무실에 신고했다. 신고 후 1분도 채 되지 않아 하얀 방호복을 입은 사람들이 와서 권은희를 데려갔다.

점심을 먹는 내내 급식실은 무음으로 설정한 휴대전화처럼 조용했다. 점심을 먹자마자 보미가 나를 데리고 밖으로 나갔다. 유미도 뒤따라왔다.

"도대체 어떻게 된 일이야?"

보미가 다그쳐 물었다.

나는 새끼 고양이를 구하면서 겪었던 일부터 그림자가 보이지 않은 사건까지 세세히 설명했다.

"정말 새끼 고양이가 저주를 내린 걸까?"

내가 물었다.

"그건 다 네 생각이잖아. 우리한테 물으면 어떡해?"

보미가 반문했다.

"난, 저주 같은 거 안 믿어."

유미는 단호했다.

"저주가 아니면 설명이 안 되니까 그렇지."

"주혜랑 은희도 고양이를 괴롭히는 데 가담했어?"

보미가 물었다.

"그건 모르겠지만…… 아마 아닐 거야."

내가 대답했다.

"그럼 말이 안 되잖아. 주혜랑 은희는 새끼 고양이를 괴롭히지도 않았는데 그런 일을 겪은 게……."

보미가 머리를 움켜쥐었다.

"네 눈에 정말 그림자가 안 보였어?"

유미가 물었다.

"그렇다니까! 푸르스름한 연기가 피어나면 곧 그림자가 사라지고, 얼마 후에 그런 끔찍한 일을 겪는 것 같아."

"잠깐 착시 현상이 벌어진 게 아닐까?"

유미는 사태를 이성적으로 판단하려고 노력했다.

"착시라고 해도 똑같은 현상이 잇달아 벌어지는 건 이상하잖아."

"그건 그렇지……."

머리를 맞대고 의논해 봐도 명확한 결론을 내리지는 못했다.

"누가 알면 이상하게 생각할 거야. 그러니까 아무한테도 말하지 말자."

나도 유미 말에 동의했다. 뭐가 어찌 된 건지 정확하게 알기 전에는 당분간 비밀로 하는 게 좋을 듯했다.

교실로 돌아왔는데 다짜고짜 장혜영이 나를 끌고 나갔다. 보미가 말리려고 했지만, 황승예가 보미를 막아서는 바람에 장혜영과 단둘이 마주했다.

"뭔 짓이야?"

나는 일부러 당차게 대들었다.

"너지?"

장혜영이 매섭게 치고 들어왔다.

"뭐가?"

"너 말고는 없어."

"무슨 말을 하는 거야?"

"명식이, 기현이, 대수, 찬민이, 영호, 주혜, 은희까지 아무리 따져 봐도 너밖에 없어."

나를 의심하다니 어처구니가 없었다.

"아니야? 일곱 명이 얽힌 사람이 너 말고 누가 있는데?"

내가 그럴 이유가 없다고 주장해도 받아들일 것 같지 않았다.

"내가 무슨 수로……. 나는 그런 능력이 없어."

"요즘 도솔시에서 별의별 이상한 일이 다 벌어지잖아. 네가 그런 일이랑 관련 없을 거란 보장이 어딨어?"

무슨 말을 해도 변명이나 거짓으로 받아들일 듯했다.

"나한테 그런 힘이 있었다면 나는 그 정도로 안 해."

나는 강하게 나갔다.

"새끼 고양이를 죽였으면, 똑같은 일을 당하게 만들고 말지."

장혜영이 흠칫 놀라며 입술이 일그러졌다.

"고양이가…… 죽었어?"

"고양이 구하려고 강산이랑 동물병원에 간 걸 두고 데이트라는 둥 비밀연애라는 둥 헛소문을 내다니. 그날은 내 일생에서 가장 수치스러운 날이었어. 그런 굴욕감을 안겨준 너희들한테 내가 복수한다면 그 정도일 것 같아?"

내 기세에 밀린 장혜영 눈 밑이 심하게 떨렸다.

"난 안 했어."

나는 쐐기를 박았다.

"너희들이 못된 짓을 해서 신이 벌주는 거라고 생각해,"

장혜영은 두 손을 가슴까지 끌어올렸다. 두 주먹을 있는 힘껏 쥐자 파리한 핏줄이 손목에서 돋아났다.

"거봐, 너밖에 없어."

"그렇게 믿고 싶으면 믿어. 그래 봐야 저주는 피할 수 없을 테니."

"저, 저주?"

입술이 파르스름하게 변했다.

"너, 너, 왜 이런 일이 벌어지는지 알지?"

더듬거리는 장혜영이 조금도 불쌍하지 않았다.

"승예랑 네가 고양이를 괴롭히는 일에 가담했다면 둘 다 저주를 피할 수 없을 거야."

나는 독하게 쏘아붙였다. 다른 사람과 이렇게 날 선 말다툼을 해본 적이 없어서 등을 돌리고 나니 심장이 심하게 떨렸다. 나는 떨림을 들키지 않으려고 얼른 그 자리를 떴다.

황승예가 음악실에서 쓰러졌다. 햇빛에 몸이 노출되었을 때 그림자가 없는 걸 보고 이미 예상했었다. 황승예는 노래를 부르다 말고 별안간 비명을 지르더니 그대로 기절했다. 얼마나 고통스럽길래 곧바로 기절해 버리는지 상상도 되지 않았다. 애들은 자신이 그런 일을 겪을 지도 모른다는 불안에 떨며 두려워했다. 특히 장혜영은 낯빛이 시퍼렇게 질리다 못해 백지장처럼 하얗게 변했다. 황승예가 쓰러지고 곧바로 하얀 방호복을 입은 사람들이 다시 나타나 황승예를 데려갔다.

음악 수업을 계속할 수는 없었다. 선생님은 수업을 멈추고 자습을 시켰다. 다들 입도 뻥긋하지 않고 자기 자리에 가만히 있었다. 맨 처음 움직인 사람은 장혜영이었다. 장혜영은 비틀비틀 선생님께 가더니 조퇴하고 싶다고 했다. 장혜영 얼굴을 본 선생님은 두말하지 않고 장혜영을 데리고 음악실 밖으로 나갔다.

금요일, 장혜영이 결석했다. 혹시라도 다른 애들과 같은 증상으로 병원에 입원했는지 알아봤지만, 그런 소식은 들리지 않았다. 학교는 어수선했다. 학부모들이 너도나도 학교에 전화 걸어서 어찌 된 일인지 물었고, 어떤 학부모는 당장 등교를 멈추고 온라인 수업을 해야 한다고 주장했다. 마음이 심란해서 공부가 제대로 되지 않았다. 다른 반 애들은 우리 반 전체가 바이러스라도 되는 듯 멀리했다. 복도에서 우리 반 애들과 마주치면 좀비라도 만난 듯 피했고, 급식실에서는 우리 반만 따로 앉아야 했다. 유미조차 다른 애들 눈치를 보느라 나와 보미를 만나러 오지 못했다.

저녁에 집에 와서 혼자 밥을 챙겨 먹기 위해 이것저것 준비했다. 아빠는 출장을 갔고, 엄마는 일이 밀려서 늦게 퇴근한다고 했기 때문이다. 언제나처럼 고기를 구워 먹으려고 준비하는데 오빠가 왔다. 오랜만이라 반가웠는데, 오빠는 내가 저녁을 준비하는 꼴이 안타까웠는지 고기를 사주겠다고 했다. 오빠와 함께 맛있게 고기를 먹었다. 군인 오빠랑 단둘이서 밖에서 고기를 먹으니 괜히 든든하고 좋았다.

'오빠에게 상의해 볼까?'

오빠는 어릴 때부터 내가 굳게 믿고 의지하는 사람이다. 이 문제를 상의할 어른으로 오빠만 한 사람은 없었다. 집에 도착하면 오빠에게 상황을 설명하고 의견을 들어야겠다고 마음먹었다.

가게에서 나와 일부러 걷기 좋은 길을 골랐다. 나는 오빠 팔짱을 끼며 어리광을 부렸고, 오빠는 예전과 달리 내 어리광을 잘 받아줬다. 즐거움이 산책길 위로 울긋불긋 피어났다. 서로 농담을 주고받다가 웃음보가 크게 터졌다. 정신없이 웃는데, 갑자기 오빠가 웃음을 뚝 그쳤다. 멋모르고 웃다가 뒤늦게야 오빠답지 않게 잔뜩 긴장했다는 걸 알아차렸다.

"민지 씨가 여긴 어떻게?"

오빠 입에서 나오는 '민지'라는 이름이 익숙했다. 언제 들었는지 기억을 뒤지다가 퍼뜩 생각났다.

'아! 맞다. 오빠랑 사귄다는 그 언니 이름이 민지였지.'

민지 언니는 머리부터 발끝까지 온통 까만색이었다. 옷과 신발뿐 아니라 머리를 묶은 끈과 등에 멘 가방도 까만색이었다.

"정철 씨!"

오빠와 민지 언니는 한동안 서로를 바라보며 그대로 서 있었다. 아무래도 꽤 오랜만인 것 같았다.

"여자친구를 만났는데 길거리에 계속 세워둘 거야?"

내가 오빠 옆구리를 찔렀다.

"아…… 그게, 음……."

오빠가 어쩔 줄 몰라 했다.

"이름이, 아마 나빈이던가요?"

민지 언니가 내 이름을 알고 있었다. 검은색으로 굳어지던 첫인상이 부드럽게 바뀌었다.

"네, 언니!"

오빠는 여전히 긴장한 채 입을 꾹 다물고 있었다.

"우리 오빠가 연애를 못 해봐서 이래요."

나는 다시 오빠 옆구리를 툭 쳤다.

"저도 마찬가지예요."

민지 언니가 살며시 웃었다.

"그래요. 정철 씨! 우리 어디 가서 차나 한잔해요."

카페에 갈 때까지 두 사람은 한마디도 하지 않았다.

민지 언니가 내가 좋아하는 블루베리 요거트 스무디와 마카롱을 사주었다. 언니가 가방에서 지갑을 꺼내는데 손목에 찬 기묘한 팔찌가 눈에 띄었다. 금속으로 만든 팔찌인데 역사 교과서에서 봤던 청동

검 같은 빛깔이었다. 계산하는 동안 열린 가방을 본의 아니게 들여다 보았는데 여자 가방에 들어 있을 만한 물건은 하나도 없고, 기괴하게 생긴 조각품만 있었다. 특히 가방 구석에 길게 꽂힌 칼이 눈길을 사로잡았다. 팔찌와 같은 빛깔인데 손잡이와 칼집에 새겨진 문양이 무척 특이했다.

'도대체 뭐 하는 언니지? 예술가인가? 아니면 골동품 수집가?'

의문을 풀고 싶었지만 나는 오빠가 마음 편하게 대화를 나눌 기회를 가로막을 만큼 무딘 동생이 아니었다. 나는 언니에게 고맙다고 말하고, 다른 자리로 가서 앉았다.

스무디와 마카롱을 즐기며 혼자 놀았다. 민지 언니와 오빠는 심각한 얼굴로 오랫동안 이야기를 주고받았다. 두 시간이 지난 후에야 두 사람은 자리에서 일어났다.

"고기를 그렇게 좋아한다면서요. 나중에 기회 되면 제가 꼭 살게요."

민지 언니는 헤어지면서 내가 가장 듣고 싶은 말을 꺼냈다. 배려심이 깊은 사람이었다.

집에 가는 내내 계속 캐묻고 협박도 했지만, 오빠는 민지 언니에 관한 얘기는 한마디도 꺼내지 않았다. 그 바람에 내가 오빠에게 상의하려던 걸 새카맣게 잊고 말았다.

월요일, 장혜영은 아무렇지 않게 학교에 나타났고, 우리 반은 여전히 다른 교실을 썼다. 장혜영 그림자는 발뒤꿈치에 딱 붙어서 잘 따라다녔다. 내 속사람은 안도와 아쉬움 사이를 요란하게 오갔다. 장혜영은 목요일에 조퇴했을 때와 달리 불안해하지 않았다. 뭘 하는지 쉬는 시간마다 부지런히 다른 반을 돌아다녔다.

화요일, 선생님을 기다리는데 학교 일진인 이세훈과 안철주가 내 자리로 다가왔다. 그러고는 느닷없이 나와 강산이 앞에서 잠자리를 흔들었다. 잠자리는 날개를 붙잡힌 채 애처롭게 꼬리를 흔들었다.

"놔줘!"

강산이가 강하게 요구했다. 강제로 뺏으려고 하다가 연약한 잠자리가 다칠까 봐 말로만 다그칠 수밖에 없었다.

"싫은데!"

"어쩔?"

이세훈과 안철주는 유치하게 굴었다.

"뭐 하는 짓이야?"

내가 따졌다.

"뭐 하는 짓이긴……."

이세훈이 자기가 잡고 있던 잠자리 날개를 뜯어버렸다.

"이러는 짓이지."

이세훈이 벙글벙글 웃었다.

"이런 짓이기도 하고."

안철주는 잠자리 다리를 끊더니, 배마저 잡아서 뜯어버렸다.

손쓸 새도 없이 벌어진 일이었다. 강산이는 입술을 꾹 깨물며 안철주와 이세훈을 노려볼 뿐 달려들지는 않았다. 그들은 보란 듯이 잠자리를 죽이고는 시시덕거리며 교실을 빠져나갔다.

점심을 먹으러 급식실에 가는데, 여자 일진인 이연주가 괜히 시비를 걸었다. 나를 툭 치고 가더니 왜 부딪쳤냐며 욕을 했다. 다투기 싫어서 미안하다고 사과했다. 우리 반끼리 모여서 밥을 먹는데 또다시 이연주가 내 옆을 지나가면서 밥을 먹는 내 팔뚝을 쳤다. 숟가락에 올려놓았던 밥과 반찬이 바닥으로 떨어졌다.

"왜 흘리고 지랄이야."

어처구니없고 황당했다.

"넌 씻지도 않냐? 하긴, 이상한 구린내 옆에서 지내니 냄새나는 것도 모르겠지."

이연주가 내 식판을 지저분한 숟가락으로 툭툭 쳤다.

"웩~!"

이연주가 갑자기 토하는 시늉을 했다.

나를 비롯해 주변에 있던 애들이 기겁하며 놀라고, 그걸 본 이연주는 배꼽 빠지게 웃었다. 꼴 보기 싫었지만 학교 일진과 시비를 따질 배짱은 없었다.

수요일, 이세훈이 급식실에서 나뒹굴었다.

"팔이, 내 팔이…… 팔이……."

이세훈은 팔을 붙잡고 고통으로 몸부림쳤다.

급식실은 두려움에 떠는 숨소리와 비명으로 요동쳤다. 조금 뒤에 다급히 뛰어오는 소리가 들렸다.

'어, 방호복을 안 입었네?'

이런 일이 벌어지면 방호복을 입은 사람들이 출동했는데, 이번에는 양복을 입고 선글라스를 낀 남자 둘이 뛰어와서 쓰러진 이세훈을 살폈다. 한 사람이 손에서 무엇인가를 꺼냈다가 집어넣었다. 얼핏 보기에 칼 같았는데 제대로 보지는 못했다.

목요일, 이번에는 안철주가 급식을 받다가 쓰러졌다.

"다리가…… 내 다리가……, 아아악!"

안철주는 다리를 붙잡고 고통스러워하며 바닥을 굴러다녔다.

다들 무서워하며 슬금슬금 자리를 피했다. 어제처럼 양복에 선글라스를 낀 남자 둘이 뛰어와서 안철주를 살폈다. 한 사람이 날카로운 것을 꺼내서 안철주 다리에 댔다. 칼이 눈에 익었다.

'어, 저 칼? 민지 언니가 갖고 있던 거랑 비슷하네?'

칼을 다시 집어넣은 그들은 안철주를 데리고 서둘러 급식실을 빠져나갔다.

밥이 제대로 넘어가지 않았지만 이런 일이 생길 때마다 계속 굶을 수는 없어서 꾸역꾸역 먹었다. 힘들게 점심을 먹고 급식실을 나가는데 나에게 시비를 걸었던 이연주가 다급히 나를 따라왔다.

"저기, 나빈아! 미안해. 내가 잘못했어."

뜬금없는 사과였다.

"내가 정말 죽을 죄를 지었어. 용서해 줘."

이연주는 손을 싹싹 빌고, 벌벌 떨기까지 했다.

"도대체 나한테 왜 이래?"

"그게…… 혜영이가 시켜서……."

장혜영이 돈을 주며 나에게 시비를 걸어달라고 부탁했다는 것이다. 큰돈이라서 마다할 이유가 없었다고도 했다. 장혜영이 왜 그런 짓을 벌였는지 얼추 짐작이 갔다.

'그렇다고 이딴 식으로 다른 애들을 이용하다니.'

솔직히 내게 능력이 있다면 장혜영에게도 저주를 걸고 싶었다. 안타깝게도 나에게는 저주를 걸 능력이 없었다.

"나한테 저주 안 걸 거지?"

이연주가 간절하게 물었다.

"나한테 그런 능력은 없어."

"그러니까 안 걸 거지?"

연주가 구걸하듯이 매달리니 어쩔 수 없이 원하는 반응을 해야만 했다.

"알았어."

"정말이지?"

"알았다니까."

이연주는 거듭 고맙다고 하고는 어색한 웃음을 남긴 채 사라졌다.

"뭔 짓이야, 정말."

내가 투덜거리는데 옆에 있던 보미가 내 오른쪽 어깨를 툭 쳤다.

"어, 왜?"

오른쪽으로 돌아보니 언제 왔는지 강산이가 서 있었다. 강산이는 도망치듯 뛰어가는 이연주 뒷모습을 뚫어지게 보고 있었다.

금요일, 조회를 마치고 1교시 수업을 준비하는데 갑자기 장혜영이 징징댔다.

"어, 추워! 야, 누가 에어컨 틀었냐?"

에어컨은 아무도 틀지 않았다.

"왜 이렇게 더워? 난로라도 피운 거야, 뭐야?"

그날은 따스하고 부드러운 가을 날씨였다.

장혜영은 춥다면서 덜덜 떨더니 갑자기 덥다고 헉헉거렸다. 찬 기운과 더운 기운이 짧은 간격으로 오가는 듯했다. 주변에 있던 애들은 처음에는 어찌할 바를 모르다가 차츰 장혜영도 그 일을 겪는 중이라는 사실을 알아챘다. 애들이 슬금슬금 자리를 피했다. 장혜영도 심각한 사태가 벌어지는 걸 인식한 듯했다.

"이럴 때 쓰라고……."

장혜영은 부들부들 떨면서 주머니에 손을 집어넣었다. 장혜영은 주머니에서 꺼낸 목걸이를 목에 걸었다. 가죽끈 끝에 작은 칼이 달려 있었다.

'저 칼! 크기는 다르지만 민지 언니가 가지고 있던 칼과 거의 똑같이 생겼어. 이게 어찌 된 일이지?'

목걸이를 걸었지만 변화는 없었다. 장혜영 이가 다닥다닥 요란하게 부딪쳤다.

"추, 추워. 추워 죽겠……어."

장혜영이 몸을 굼벵이처럼 웅크렸다.

"효과가…… 있을 거라……더니…… 속았……."

장혜영은 온 힘을 쥐어짜 고개를 들더니 나에게 무슨 말을 하려고 했다. 새파란 입술이 달싹였지만 내뱉지 못한 채 결국 정신을 잃었다.

08

짙푸른 안개

점심시간에 유미가 보미와 나를 도서관으로 불렀다. 유미는 다른 사람이 없는지 확인하더니 그동안 벌어진 일을 바탕으로 추론했다.

"아무래도 난 강산이가 의심스러워. 안철주와 이세훈은 강산이 앞에서 못된 짓을 했어. 그 반면에 연주는 강산이가 보지 못했잖아. 양쪽 다 혜영이가 시켜서 한 건데 안철주와 이세훈은 그 고통을 당하고, 연주는 안 당했어. 장혜영은 괜찮았는데 연주가 폭로하는 걸 강산이가 들은 뒤에 당했어."

유미가 확신에 차서 말했다.

"유일하게 이상구, 아니 김강산과 친한 너만 그림자가 사라지는 게 눈에 보이잖아. 더구나 이제껏 당한 사람은 고양이를 죽이는 데 가담하거나 너와 강산이를 대놓고 괴롭힌 애들이었어."

"그렇다고 강산이가 무슨 능력으로……."

"요즘 우리 시에서 벌어지는 이상한 일을 고려하면, 괴이한 의식을 치러서 미워하는 사람들에게 저주를 내리는 것도 충분히 가능할 것 같아."

"강산이가 좀 남다르긴 하지만 저주라니? 걔가 마법사도 아니고."

"네가 걔네 집에 갔을 때 자기 방에 절대 못 들어가게 했다면서."

"그거야……."

"짝꿍이 왔는데 자기 방을 구경도 못 하게 하다니 이상하지 않아?"

"강산이는 평소에도 워낙 이상……."

나조차도 강산이를 이상하다고 규정하기는 싫어서 얼른 말을 멈췄다.

"아무튼 강산이는 아니야."

"강산이가 아니면 너뿐이야."

"말도 안 되는 소리 마. 내가 무슨 능력이 있어서."

"당연히 그렇지. 그러니까 강산이가 의심스럽다고."

나는 설득되진 않았지만 반박할 논리도 찾지 못했다.

"강산이가 의심스럽다고 쳐. 그래서 어떡할 건데?"

"가서 확인해 봐야지."

"확인을? 묻는다고 강산이가 순순히 대답할까?"

"말보다는 증거를 잡아야지. 내 생각에 강산이 방에 가면 분명히 이상한 주술을 시행한 흔적이 남아 있을 거야."

"나한테 강산이 방에 허락도 받지 않고 들어가 보라는 거야?"

"비밀스러운 공간인데 당연히 허락 안 하지. 그러니까 작전을 짜서 몰래 들어가면 돼. 내가 같이 갈게. 너는 강산이 관심을 끌어. 그러면 내가 강산이 방에 몰래 들어가 볼게."

썩 내키지 않았다. 주술 거는 능력이 강산이에게 있을 리도 없고, 그런 식으로 복수할 성품도 아니었다. 무엇보다 나는 주술을 믿지 않는다. 그런데도 나는 유미랑 강산이 집에 가기로 했다. 유미 의견에 동의해서가 아니라 강산이를 향한 의심을 없애고 싶기 때문이었다. 강산이 방을 확인하면 강산이가 무고하다는 사실이 드러나리라 확신했다.

"언제 가려고?"

"결심했으면 바로 실행해야지."

"오늘? 학원은 어떡하고?"

"괜찮아. 오늘 빠지고 내일 보강하면 돼."

유미는 시원시원했다.

"그런데 강산이가 같이 가는 걸 허락할까?"

보미가 물었다.

유미가 나를 쳐다봤다.

"그건 내가 어떻게 해볼게."

사실 유미와 같이 간다고 해도 딱히 강산이가 싫다고 할 것 같지는 않았다. 정 안 되면 막무가내로 가면 그만이었다. 강산이 성격에 강하게 막지는 못할 것이다.

"보미 너도 갈래?"

유미가 물었다.

"난…… 싫어."

보미가 기겁하며 뒤로 물러났다.

유미와 같이 가도 되냐고 물었더니 강산이는 의외로 쉽게 승낙했다. 애들이 눈치 못 채게 다른 데 가는 척하다가 강산이가 타는 버스에 올랐다. 버스 안에서는 서로 모른 척하며 시선도 일부러 엇갈렸다. 버스에서 내리는데 또다시 낡은 현수막과 새롭게 걸린 새빨간 현수막이 흉측하게 우리를 맞았다. 삐죽삐죽 튀어나온 철근과 널브러진 건설공구들이 자아내는 으스스한 분위기도 여전했다. 몇 번을 봐도 적응이 안 되는 낯설고 어두운 풍경이었다. 그렇지만 유미는 나와 달리 두려움보다는 호기심을 드러내며 자꾸 질문을 해댔다.

아파트 공사장이 끝나자 낡은 집들 주변에 둘러쳐진 굵은 철조망 울타리가 보였다. 유미 눈이 동그래졌다. 내가 철조망이 쳐진 배경을 간단하게 설명하자 궁금증이 더욱 부풀어 오른 듯했다. 강산이가 문 앞으로 다가가자 감시카메라가 강산이를 향해 움직였다. 내가 손가락으로 카메라를 가리키자 유미는 팔짱을 끼면서 고개를 갸웃하더니 내게 귀엣말했다.

"거봐. 이상하잖아."

"이상하다는 말 좀 그만해."

내가 유미 옆구리를 찔렀다. 유미가 움찔하더니 주먹을 장난스럽게 들어 보였다.

문이 열리고 강산이가 철문 안으로 막 들어가려는 순간이었다. 퍽 소리가 나면서 감시카메라가 터졌다.

"엇, 왜 저래?"

잇달아 팍, 팍, 팍 소리가 나면서 다른 감시카메라도 한꺼번에 박살이 났다. 철조망 기둥 위에 설치된 감시카메라뿐 아니라 동네 안에 설치된 감시카메라도 예외 없이 부서졌다.

바닥에서 바람이 일더니 흙먼지가 눈으로 들어왔다. 먼지를 막으려고 눈을 질근 감았다. 발소리가 들렸다. 누군지 확인하려고 눈을 떴다. 어느새 우리는 수많은 사람에게 둘러싸여 있었다. 먼지가 가라앉으며 우리를 포위한 사람들이 모습을 드러냈다. 몸놀림이 특이했다. 걷는데 걷는 것 같지 않았다. 굳이 표현하자면 마치 바람을 타고 흐르는 듯했다.

"당신들, 왜 이래요?"

나는 겁이 나서 입도 벙긋 못하는데 유미는 그렇지 않았다.

"어른들이 떼로 몰려와서 중학생들을 위협해도 되는 거예요?"

유미는 대차게 따졌다.

유미가 아무리 대들어도 그들은 숨소리조차 내지 않고 돌하르방처럼 꿈쩍도 하지 않았다. 유미가 가까이 다가가서 더 강하게 따지려고 했지만, 보이지 않는 힘에 밀려 그들에게 가까이 갈 수 없었다. 우리는 포위당한 채 앞으로 벌어질 일을 기다리는 수밖에 없었다. 그들이 점점 두려워졌다. 나는 강산이 팔뚝을 잡았다. 강산이 팔뚝은 여전히 단단했지만 두려움이 줄지는 않았다.

몇 분 뒤, 포위망 한 귀퉁이가 열리며 한 여자가 다가왔다. 키가 큰 백인 여자였다. 짧은 단발에 검은 옷을 입었는데 푸른 눈이 유난히 빛났다. 그 여자는 내게 바싹 다가오더니 집게손가락으로 내 아미를 슬쩍 눌렀다. 한겨울에 바싹 마른 털옷을 만졌을 때처럼 강한 정전기가 일었다. 얼굴 근육이 파르르 떨렸다. 여자는 고개를 갸웃거리더니 다른 손으로 허리춤에서 칼을 뽑았다. 칼 모양이 익숙했다. 민지 언니가 들고 다니는 가방에서 봤던 칼, 장혜영이 걸고 있던 목걸이에 달린 칼, 장혜영이 쓰러졌을 때 왔던 구조대원 손에 들렸던 칼과 모양이 거의 똑같았다.

여자는 칼을 빙글 돌리더니 내 목을 겨냥했다. 겁나서 숨을 쉴 수조차 없었다. 나는 강산이 팔뚝을 더 세게 잡았다.

"그러지 마!"

강산이가 소리쳤다.

한 남자가 그림자처럼 다가오더니 강산이를 잡아끌었다. 강산이를 붙잡으려는 마음과 달리 나도 모르게 힘이 풀리며 손을 놓고 말았다. 남자는 강산이를 나에게서 떨어뜨렸다. 강산이가 나에게 오려고 발버

둥질 쳤지만 불가항력이었다.

여자는 칼 옆면을 내 몸에 대고 위아래로 훑었다. 경찰이 검문할 때와 같은 동작이었다. 칼이 움직이자 칼끝에서 푸른빛이 일렁였다.

"브랄리름?"

허공에서 목소리가 들렸다.

"위디알리."

여자가 허공을 향해 대답했다.

처음 듣는 소리여서 무슨 대화를 하는지 알아들을 수 없었다.

"니엣트?"

허공이 진동을 일으킬 만큼 잔뜩 화가 난 목소리였다.

"슬러븜."

여자가 고개를 갸웃하며 대답했다.

"오데뷰!"

칼을 든 여자가 황급히 뒤로 물러났다.

공기가 찢기는 소리가 들리더니 하늘에서 보라색 빛살이 쏟아져 내렸다. 강한 바람이 하늘에서 아래로 내리치며 내 머리카락을 흐트러트렸다. 우리를 포위한 이들이 일제히 고개를 숙였다. 나는 고개를 들었다. 아무것도 없던 허공에서 갑자기 한 여자가 나타났다.

'몸이 허공에 떠 있어.'

마치 마술쇼 같았다. 그러나 쇼를 보았을 때와는 달리 나도 모르게 공포가 엄습했다. 내 본능이 피하라고 울부짖었다. 그러나 의지와 달리 몸은 꿈쩍도 하지 않았다. 보이지 않는 힘이 나를 얽어맨 듯했다.

여자는 천천히 하늘에서 땅으로 내려왔다. 긴 보랏빛 머리카락이 허리까지 늘어져 하늘거렸다. 하얀 얼굴빛 때문에 입술이 도드라지게 붉게 빛나고, 오뚝한 코에 걸친 진한 선글라스는 막막한 어둠으로 나를 끌어들였다. 여자는 발이 땅에 닿지도 않은 채 내게 손을 뻗었다. 새하얀 손가락이 느리게 다가오더니 내 이마를 짚었다. 이마로 피가 몰렸다. 이마가 뜨거워지더니 점점 모든 피가 위로 치솟는 듯했다. 저항할 수 없는 거대한 힘이 두 손으로 젖은 수건을 쥐어짜듯이 나를 옥죄었다. 살아오면서 단 한 번도 그런 고통을 겪어본 적이 없었다. 신음조차 제대로 내뱉기 힘들 만큼 고통스러웠다. 고통을 외면하고 싶었다. 현실이 아니라고 부정하고 싶었다. 눈을 감으면 현실이 사라질 듯했다. 눈을 감으려고 해도 감을 수가 없었다. 오히려 더 크게 떠졌다. 이마 위로 푸른빛이 보였다. 여자가 만들어낸 빛이 아니었다. 내 몸에서 빠져나가는 빛이었다.

"그…… 그마……, 윽!"

그만하라고 부탁하고 싶은데, 목을 날카로운 톱으로 긁어대는 소리만 나왔다.

"그만해! 그만하란 말이야!"

강산이가 울부짖었다. 내 고통에 강산이도 몸부림치고 있었다.

여자는 아랑곳하지 않았다. 푸른빛이 점점 진해지더니 여자 손이 푸르게 변했다.

"약하군! 이 정도가 파수꾼일 리 없어."

백인 여자는 우리말에 아주 능숙했다.

"분명히 파수꾼이 지닌 힘이었어. 내가 잘못 느꼈을 리 없는데……."

여자가 손가락을 뗐다. 몸을 휘감던 고통이 사라지며 힘이 쭉 빠졌다. 여자가 고개를 갸웃하더니 입술을 씰룩거렸다. 그러고는 선글라스를 벗었다. 검은 어둠이 사라지자 신비로운 눈동자가 나타났다. 눈동자 빛깔이 달랐다. 왼쪽 눈은 초록빛이고, 오른쪽 눈은 푸른빛이었다. 인간이 아니라 고양이 눈 같았다. 초록빛과 푸른빛이 내 눈으로 파고들었다. 얼굴은 사라지고 초록과 푸른 점만 점점 커졌다.

"내 눈을 봐."

눈을 감고 싶었다. 그러나 내 눈꺼풀은 내 의지대로 되지 않았다.

초록과 푸른 점이 시야를 가득 채웠다. 온 신경이 빨려 들어가는 듯했다. 시신경이 끊어질 것 같았다.

"네가 본 모든 것을 내게 보여라."

조금 전에 봤던 장면부터 시작해 지금까지 봤던 모든 장면이 빠르게 지나갔다. 엄청난 속도로 영상을 뒤로 돌리는 듯했다. 눈이 감당할 수 없는 속도라서 머리가 어지러웠다. 정신을 잃고 쓰러지고 싶은데 강한 힘이 내 본능마저 짓이겼다. 거대한 해일이 내 뇌를 헤집었다. 더는 견딜 수 없었다. 더는 내 뇌가 버틸 수 없었다. 정신이 아득해지고 뇌가 부풀어서 터질 듯했다.

"그만해! 나빈이를 그만 괴롭히란 말이야!"

강산이가 또다시 처절하게 울부짖었다.

"가……만 이건……!"

여자가 중얼거리는 말이 멀리서 꿈처럼 들렸다.

"나빈이를 놔줘!"

강산이 외침이 들리고,

"이 애가 아니다. 저기……."

여자가 손을 치켜들고,

"그만하란 말이야!"

강산이가 다시 외치고,

"저 녀석을 잡아!"

여자가 명령을 내렸다.

눈에 걸린 마법이 풀렸다. 나를 옭아맨 초록빛과 푸른빛이 사라졌다. 머리가 어지러웠다. 눈앞이 빙글빙글 돌았다. 몸을 지탱하던 기운이 한꺼번에 빠져나갔다. 더는 버틸 수 없었다. 털썩 주저앉았다.

"악!"

비명이 들렸다.

"저게 뭐야?"

답이 돌아오지 않는 질문이 이어졌다.

쿵! 쿵! 쿵!

윽! 크! 흑!

넘어지고 쓰러지는 소리, 괴로워하는 신음이 둔탁하게 엇갈렸다.

눈이 자꾸 감겼다. 눈꺼풀이 시야를 가렸다. 아무것도 안 보여야 하는데 푸른빛이 어른거렸다. 또다시 고통을 당하나 싶어서 겁이 났다. 다행히 고통은 없었다. 도리어 어지럽던 머리가 편안해졌다. 몸에 조금씩 힘이 돌아왔다.

"폭주한다! 저 힘을 눌러라!"

우두머리 여자가 다급하게 명령했지만, 쓰러지고 고통스러워하는 소리는 끊이지 않고 이어졌다. 머리가 맑아지고 눈꺼풀이 가벼워졌다. 눈을 뜰 힘이 돌아왔다.

"아무리 폭주했다지만 이리 강한 힘이라니……."

여자가 당황한 기색이 역력했다. 눈을 뜨고 그 여자를 봤다. 여자는 손을 슬쩍 좌우로 벌리더니 하늘로 치솟아 올랐다. 그 여자를 하늘로 띄울 만한 장치는 아무것도 없었다. 이런 사람이 세상에 존재한다니 내 눈으로 직접 보면서도 믿기지 않았다.

"결계를 쳐라!"

여자가 소리쳤다.

나는 심호흡하며 팔다리에 힘을 주었다. 몸이 가뿐했다. 조금 전까지 겪었던 고통은 다 사라지고 없었다. 재빨리 주변을 살폈다. 우리를 둘러쌌던 사람들 가운데 이십여 명 정도가 바닥에 쓰러져 신음하고 있었다. 그들은 자기 몸을 붙잡은 채 고통에 몸부림쳤다. 학교에서 익히 봤던 광경이었다.

"나빈아, 나……."

그 사람들 사이에 유미가 쓰러져 있었다.

"나, 좀, 살려줘. 너무 아파!"

유미는 끔찍하게 얼굴을 일그러뜨리며 나를 애처롭게 불렀다. 얼른 다가가 유미를 부축했다. 그 자리를 빠져나가야 했다. 괴로워하는 유미를 부축해서 힘들게 걷는데 위에서 강한 바람이 불었다.

"어디를 가려고!"

또다시 그 여자였다.

하늘을 봤다. 수십 개나 되는 보랏빛 줄기가 바닥으로 쏟아지며 내 주변을 휘감았다.

"너는 저 녀석을 잡을 열쇠야. 이대로 가면 안 되지."

여자가 손을 뻗어 나를 잡으려고 했다.

유미를 부축하고 있어서 피할 수가 없었다. 조금 전에 당했던 고통이 되살아났다. 고통을 떠올리기만 했는데도 몸이 마비되어 갔다.

"큭!"

여자가 짧은 신음을 내뱉더니 나를 휘감던 보랏빛 줄기가 사라졌다.

"이런!"

여자는 회오리처럼 몸을 돌리면서 손을 휘저었고, 손에서 투명한 실이 뻗어나가며 허공을 휘몰아쳤다. 푸른빛과 보랏빛이 허공에서 뒤엉키며 충돌했다. 강한 폭발이 일어났고, 여자는 멀리 튕겨 나갔다.

그제야 나는 강산이네 동네 전체에 퍼진 짙푸른 안개를 볼 수 있었다. 어릴 때 할머니 집에서 보았던 바로 그 안개였다. 그때 느꼈던 감정이 기억났다. 안개는 점점 짙어졌고, 갈수록 사악한 기운을 뿜어냈다. 저 안개에 갇히면 더 큰 고통에 시달릴 것 같았다.

"이러다 결계가 뚫린다. 빨리 강화해!"

여자가 안간힘을 쓰며 명령을 내렸다.

여자는 짙푸른 안개에 맞서느라 정신이 없었다. 나는 유미를 부축하며 걸음을 빨리 옮겼다. 유미는 이를 악물고 고통에 맞서며 나와 보조를 맞췄다. 우리는 서로에게 의지하며 그곳을 벗어났다.

"저 여자애가 못 도망가게 잡아!"

혼란한 와중에도 여자는 부하들에게 명령을 내렸다.

그 여자 부하 중 한 명이 나를 쫓아왔다. 처음 나타났을 때처럼 바람을 타고 움직이는 부드러움은 없었다. 평범한 사람 같았다. 아마도 푸르스름한 안개가 그들이 지닌 능력을 억제하는 듯했다. 그런데도 우리보다 훨씬 빨랐다. 유미와 나는 곧바로 잡힐 위기에 처했다.

부우웅!

갑자기 골목에서 차가 튀어나오더니 나를 뒤쫓던 사람을 들이받아 버렸다. 우리를 쫓던 사람이 멀리 튕겨 나갔다.

차 문이 열렸다.

"빨리 타!"

"어, 민지 언니!"

예상치 못한 등장이었다.

"언니가 여길 어떻게?"

"그건 나중에 설명할 테니 빨리 타."

"유미가 아파요."

민지 언니가 재빨리 차에서 내리더니 유미가 차에 타도록 도왔다. 나는 유미를 부축하며 차에 올랐다. 민지 언니가 운전석으로 다시 가려는데 쓰러졌던 사람이 벌떡 일어났다. 그 사람이 품에서 청록색 칼을 꺼냈다. 민지 언니는 운전석에 앉는 동시에 액셀을 있는 힘껏 밟았다. 청록색 검이 운전석 유리를 찍었다. 유리창이 깨졌지만 민지 언니는 더 세게 액셀을 밟으며 그 사람을 떨어냈다.

차는 골목을 지나서 곧장 큰길로 질주했다. 뒤를 보니 더는 우리를 쫓아오는 사람이 없었다.

"나…… 아파. 아파 죽겠어……."

그때까지 꿋꿋하게 참던 유미가 신음을 터트렸다.

"언니, 제 친구가 아파요. 빨리 병원에 가야 해요."

나는 유미 손을 꼭 잡았다.

"병이 있니?"

"그게 아니라……."

나는 간략하게 조금 전에 벌어진 일을 설명했다.

"그래서 아픈 거라면 병원에 가도 해결하지 못해. 병원에 가면 너희들을 노렸던 그 사냥꾼들이 금방 추격해 올 거야."

"그럼 어떡해요?"

"네 친구를 치료할 수 있는 데를 내가 알아."

민지 언니는 점점 더 속도를 올렸다. 유미는 점점 더 고통스러워했다. 나는 유미 손을 꼭 잡아주는 것 말고는 해줄 게 없었다. 차는 큰 도로를 빠져나가 시골길로 들어서더니 나무가 무성한 돌담 앞에 멈췄다.

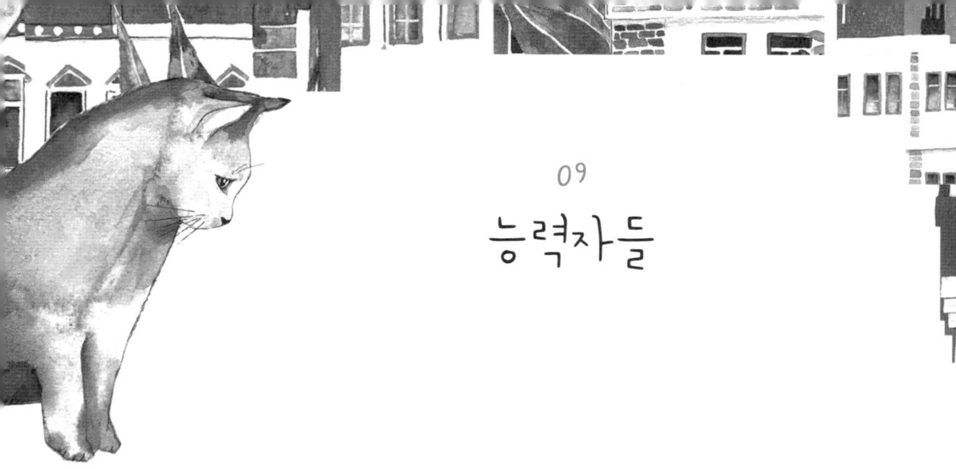

09

능력자들

빽빽한 소나무 숲 한가운데 자리 잡은 낡은 집으로 들어갔다. 여러 사람이 나와서 우리를 맞이했다. 몸도 정신도 지치고 힘들어서 어떤 사람들인지 자세히 살피지도 못했다. 민지 언니가 이끄는 대로 따라갔다. 조그만 구석방으로 들어가자 긴장이 풀리며 그대로 침대에 쓰러졌다.

"그래, 푹 쉬어."

민지 언니가 이불을 덮어주었다.

"저, 언니!"

"왜?"

"유미는……."

"걱정하지 마. 치료할 수 있으니까."

"감사해요."

민지 언니가 내 등을 토닥였다. 그제야 눈꺼풀이 무겁게 내려앉았다.

주위가 어둑했다. 방문을 열고 나가서 좁은 복도를 지나니 또 다른 문이 나왔다. 조곤조곤 이야기를 나누는 소리가 들렸다. 문을 바로 열려다가 예의가 아닌 듯해서 살짝 두드렸다. 문이 열리고 민지 언니가 나를 맞이했다.

넓은 거실에 여러 사람이 앉아 있는데 민지 언니와 30대로 보이는 아저씨를 빼고는 다들 10대처럼 보였다. 유미는 그 자리에 없었다. 그 중에는 새끼 고양이가 수술을 받을 때 분식집에서 마주쳤던 예쁜 언니도 있었다. 가지런한 머리카락과 이마에 난 흉터가 인상 깊었던 바로 그 언니였다. 민지 언니가 나를 데려가더니 동그랗게 둘러앉아 있는 이들에게 나를 소개했다.

"이름은 공나빈. 내 남자친구 여동생이고, 김강산과 학교에서 가장 가깝게 지낸 사이야. 내가 아까 말했지만 토미리스에게 붙잡혀서 꽤 고생했어. 이제 자기소개는 각자 하자."

강산이가 없었다.

"나는 전에 만났지? 고은별이라고 해. 열일곱 살, 만 나이론 열여섯 살이고."

강산이가 어떻게 됐는지 궁금했지만 일단 인사했다.

"은별이와 동갑이야. 이름은 나단우. 이 집에 살아."

외모에서 풍기는 인상은 차가운데 목소리는 다정했다.

가볍게 묵례하는데 흰옷을 입은 여자가 스르륵 다가왔다. 발을 내딛지 않는데도 몸이 내 앞에 있었다. 마치 귀신이 움직이는 것 같았다. 여자는 내 눈을 들여다보았다. 시선을 피하고 싶었지만 그럴 수 없었다. 눈동자가 흰빛으로 변했다. 온 시야를 흰빛이 채웠다. 눈동자 색깔이 다른 그 여자가 떠올랐다. 또다시 그때 같은 고통을 겪게 되는 걸까?

"단아야, 그만해."

단우 오빠가 나무랐다.

"혹시나 해서 확인했을 뿐이야."

흰빛이 사라지고 장난기를 한껏 머금은 얼굴이 나타났다.

"난 나단아. 이름을 들어서 어림하겠지만 단우와 남매 사이야."

단아 언니는 또다시 귀신처럼 뒤로 물러났다. 여전히 두려움이 가시지 않아 가슴이 콩닥거렸다.

"단아 언니가 처음엔 저래도 친해지면 정이 많아요."

맑고 투명한 물 같은 여자가 나를 달랬다.

"내 이름은 연화. 현재 가출 청소년이야.

떨리던 가슴이 조금 잦아들었다.

"저는 허은율이라고 해요. 제가 한 살 어리니까 언니라고 불러도 되죠?"

강산이와 비슷한 기운을 풍기는 은율이를 보니 꽃술에 앉은 나비 한 마리가 떠올랐다. 은율이 바로 옆에는 웬만한 아이돌보다 잘생긴 남자아이가 있었다.

'어쩜 저렇게 잘생겼을까?'

너무 잘생겨서 진짜 사람 같지 않았다.

"저는 허은석이에요. 은율이랑 같은 동네 살고, 친구예요. 그 토미리스란 여자는 정말 무서운데 무사하셔서 다행이에요."

은석이는 예의도 바르고 목소리도 참 맑았다. 하는 말을 들으니 이미 그 무서운 여자에게 된통 당한 적이 있는 듯했다.

"나는 심유리, 단우랑 같은 학교에 다녀."

단우 오빠 옆에 바짝 붙어 앉은 언니가 말했다. 나에게 말할 때를 빼고는 잠시도 단우 오빠한테 시선을 떼지 않는 걸 보면 꽤 좋아하는 것 같았다.

"이분은 내 외삼촌이야."

30대 아저씨가 따뜻하게 눈인사를 건넸다.

"민지 언니, 그런데 유미는 어떻게 됐죠? 그리고 강산이는……?"

소개를 다 받자마자 내가 물었다.

"유미는 지하실에서 치료받고 있어. 단우 부모님이 고생하고 계시는데, 완치하려면 시간이 걸릴 거야. 그리고 강산이는……."

민지 언니가 주위를 한 번 둘러보며 뜸을 들였다.

"우리가 이렇게 모인 이유야."

그러면서 민지 언니는 현재 강산이 상태를 알려주었다.

"자세히 좀 말해주세요."

"통제 불능 상태에서 폭주 중이야."

폭주라는 단어가 무서웠다.

"그래서 네 친구 유미도 당하고, 너희를 붙잡았던 사냥꾼들도 상당수 당했어. 지금 강산이는 자기 안에서 깨어난 힘을 어쩌지 못하고 통제 불능 상태에 빠져 있어."

"그 힘이라는 게 고통을 겪게 만드는 건가요?"

"정확히 말하면 감각 왜곡 능력이야. 일상에서 나는 냄새를 악취로, 달콤한 음식도 썩은 맛으로 왜곡해서 강력하게 느끼게 하는 능력이지."

"그래서 애들이 구토했군요."

"그뿐 아니야. 뼈가 부러지지도 않았는데 부러진 것처럼, 실제론 춥지 않지만 추운 것처럼, 간지럽지 않은데도 간지러운 것처럼 왜곡해서 느끼게 할 수 있어. 왜곡된 감각이 만들어내는 고통은 상상을 초월해. 사냥꾼처럼 강인한 자들조차 왜곡된 감각 고통을 이겨내지 못할 만큼."

"그런데 전 왜 안 아프죠? 저도 유미랑 같이 그 짙푸른 안개에 노출되었는데……."

"내 생각이지만 가능성은 둘 중 하나야. 강산이가 자기 힘을 통제하지 못하면서도 아끼는 사람을 무의식 상태에서 보호하거나, 아니면 너처럼 특정 감각을 잃은 사람은 감각 왜곡 현상을 느끼지 못하거나.”

그럴듯한 설명이었다.

“그나저나 강산이는 왜 그런 능력이 생긴 걸까요?”

“그건…….”

민지 언니는 은별 언니를 흘깃 보더니 말을 이었다.

“정확히는 아무도 몰라. 다만 그동안 살아오면서 겪은 고통과 무의식에 각인된 상처가 잠재된 힘을 깨어나게 하는 밑바탕이 되었을 거라고 어림할 뿐이야.”

“지금 강산이는 어디 있죠?”

“철조망이 쳐진 동네에 있어. 사냥꾼들은 강산이가 만들어낸 안개가 도시로 퍼지지 않게 결계를 친 채 포위하고 있고.”

“강산이를 구할 방법은 있나요? 그리고 그 토미리스인가 하는, 눈동자 색깔이 다른 여자가 엄청 무섭던데……. 하늘도 막 날아다니고.”

“여기에 토미리스를 상대할 만한 능력을 지닌 사람은 아무도 없어. 중무장한 군대를 총동원해도 토미리스에게는 상대가 안 돼.”

토미리스를 떠올리기만 해도 몸서리쳐졌다.

“그럼 어떻게 강산이를 구해요? 폭주는 또 어떻게 멈추게 하고.”

“다행히 토미리스는 결계에 묶인 상태야. 지금은 강산이 폭주를 막는 결계를 유지하느라 꼼짝하지 못해. 그렇지만 그 상태가 그리 오래가진 않을 거야. 곧 최상급사냥꾼들이 도착할 테고, 그러면 결계에서 벗어나 자유로워지지. 토미리스라면 결계 안에 갇힌 강산이 정도는 가볍게 제압할 거야."

"그 여자는 강산이를 붙잡아다 뭘 하려는 거죠?"

"그 힘을 빼앗으려는 거야."

"가져가라고 해요. 그럼 되잖아요. 강신이도 더는 고통스럽지 않을 거고."

"안타깝게도 그 힘을 빼앗기면 강산이는 소멸해. 먼지조차 남기지 못하고."

강산이가 죽다니 상상하기도 싫었다.

"강산이를 구할 계획은 있는 건가요?"

"그래서 우리가 모인 거야."

민지 언니가 싱긋 웃더니 일어섰다.

"자, 이제 움직이자. 더 늦으면 기회가 아예 없을지도 몰라."

나도 따라 일어섰다.

"나빈이 너는 여기서 쉬어. 곧 유미가 회복될 거야. 지하실에 단아 부모님이 계시고, 이곳은 안전하니까 안심해."

다들 나갈 준비를 했다.

"아뇨! 저도 같이 갈래요."

"고집부리지 마."

"제가 가야 해요."

"정철 씨 동생을 위험에 빠뜨리고 싶지 않아."

"괜찮아요. 오빠는 늘 정의롭게 행동하라고 했어요."

오빠가 정의롭게 행동하라고 말하긴 했다. 그러나 거기엔 자기 깜냥만큼만 하라는 조건이 붙어 있었다. 나도 내 결정이 내 깜냥을 넘어서는 영역이라는 걸 알지만 강산이 구하는 일을 다른 사람들한테만 맡길 수는 없었다.

"무엇보다 이 중에 강산이가 아는 사람이 아무도 없잖아요. 제가 가야 강산이가 안심하고 언니 오빠들을 믿을 거예요."

민지 언니가 김현 아저씨를 봤다. 아저씨가 고개를 끄덕였다.

"이러면 정철 씨가……. 휴, 그래. 어쩌면 네가 필요할지도 모르겠구나."

민지 언니가 내 손을 꼭 잡았다.

우리는 차 두 대에 나눠 타고 이동했다. 차 안에서 엄마에게 전화했다. 유미와 재미있게 노는 중이라고 거짓말했다. 유미 엄마에게도 전화했다. 유미를 바꿔 달라고 하기에 밖에서 신나게 노느라 정신이 없다면서 들어오면 전하겠다고 했다. 차는 아파트 공사장 쪽이 아니라 산 쪽으로 멀리 돌았다. 산 바로 밑에 차를 세워두고 걸어서 산에 올랐다. 다들 입도 벙긋 안 하고 조심조심 걸었다. 손전등도 없이 멀리서 비치는 희미한 빛에 의지하다 보니 빨리 걷기가 어려웠다.

산에서는 강산이가 사는 곳이 전혀 보이지 않았다. 산을 넘어서 동네 가까이 접근할 줄 알았는데 의외로 산 중턱에서 멈췄다. 평평하게 땅을 고른 일행은 등에 진 짐을 바닥에 내려놓았다. 강산이가 사는 동네는 산을 넘어가야 하는데 산 반대편인 이곳에서 뭘 하려는지 궁금했다. 하지만 내 궁금증을 풀기 위해 시간을 지체할 순 없어서 묵묵히 지켜보기만 했다.

민지 언니와 김현 아저씨, 단우 오빠와 단아 언니가 일사불란하게 움직였다. 단우 오빠는 칼을 일정한 간격으로 땅에 꽂았고, 단아 언니는 칼에 하얀 종이를 묶더니 알 수 없는 주문을 외웠다. 민지 언니와 김현 아저씨는 돌하르방처럼 생긴 석상을 칼이 꽂힌 사이에 놓고 얇은 선으로 연결했다. 간격과 위치가 중요한지 신중하게 거리를 재고 위치를 조정했다. 유리 언니는 단우 오빠만 바라봤고, 은석이와 은율이는 큰 바위를 만지며 서로 귀엣말을 나눴다. 연화 언니와 은별 언니는 물이 흐르는 계곡에 쪼그리고 앉아 계곡 곳곳을 가리키며 이야기를 나눴다.

"다 됐다. 이제 가운데로 모여."

민지 언니가 말했다.

모두 수많은 칼과 석상이 선으로 연결된 중앙 지점에 동그랗게 모였다.

"각자 자기가 할 일이 뭔지는 알지?"

민지 언니는 한 사람 한 사람 눈을 맞췄다. 나와 눈이 마주치자 언니가 내 등을 가볍게 토닥였다.

"단우야, 발동시켜."

단우 오빠가 가방에서 길이가 50cm쯤 되는 지팡이를 꺼냈다. 지팡이를 빠르게 돌리더니 위로 번쩍 들어 올리고는 알아듣기 힘든 주문을 중얼거렸다. 지팡이 양 끝에서 하얀빛이 나오더니 길이가 점점 늘어났다. 이내 지팡이 끝에 납작한 동그라미가 생겼는데 은은하게 빛이 났다. 단우 오빠가 지팡이를 손에서 놓았다. 지팡이는 공중에 뜬 채 빙글빙글 계속 돌았다. 회전이 빨라지면서 가느다란 빛이 사방으로 뻗어나갔다. 실선처럼 뻗어나간 빛은 주변에 놓인 칼과 석상으로 이어졌고, 복잡하게 얽힌 수많은 선에도 은은한 빛이 감돌았다.

"다시 강조하지만 위험해지면 무조건 이곳으로 피해. 혹시 포위되더라고 당황하지 말고 가만히 이 안에 있으면 돼. 알았지?"

민지 언니가 살며시 내 손을 쥐었다. 나도 같이 힘을 주었다.

"은석아, 준비됐니?"

은석이가 가볍게 고개를 끄덕였다.

"멀리서 사냥꾼들 움직임을 감시만 해."

"알았어요. 혹시 그들이 알아채면 혼란을 일으키면 되는 거죠?"

"그럴 일이 없기를 바라야지."

민지 언니가 은석이 어깨를 다독였다.

은석이는 손을 기도하듯이 모았다. 손끝에 붉은빛이 돌더니 나비 형상이 나타났다. 붉은 나비는 결계를 뚫고 위로 날아올랐다. 어둠 속에서도 붉은 나비가 선명하게 보였다. 결계를 벗어난 나비는 두 마리, 네 마리, 여덟 마리로 늘어나더니 삽시간에 수천 마리로 불어났다. 붉은 나비는 사방으로 날아갔다. 그런데도 결계 위에는 여전히 수천 마리나 되는 붉은 나비가 그대로 있었다.

"은율아, 부탁할게."

"이 방법으로 그 오빠랑 소통이 될까요? 동물 친구들과는 많이 해봤지만, 사람과 해본 적은 없는데……."

은율이가 자신 없게 말했다.

"그 아이는 너랑 비슷해."

은별 언니였다.

"그 아이는 작은 생명들과 소통하는 능력이 있어. 너랑 잘 통할 거야. 날 믿고 해봐."

문득 교실에 벌이 들어왔을 때 벌어졌던 일이 떠올랐다. 쫓기던 벌이 강산이 손가락에 편안하게 내려앉았고, 강산이는 벌에 쏘일 걱정은 전혀 하지 않은 채 벌을 창밖으로 내보냈다. 고양이를 구하려다 위기에 몰렸을 때도 마찬가지였다. 수백 마리 벌떼가 강산이를 구하러 나타났었다.

"맞아요, 강산이는 작은 생명들과 통하는 능력이 있어요."

내 말을 듣고 은율이가 맑게 웃었다. 아침 햇살보다 따뜻하고 순수한 웃음이었다. 계획이 실패하면 어떡하지 하는 걱정마저 사라지게 하는 웃음이었다.

'어쩜 저렇게 표정이 맑고 순수할까?'

은율이가 눈을 감더니 무릎을 꿇고 앉았다. 그러고는 바닥에 손을 대고는 가만히 집중했다. 조용하던 숲이 소란스러워지더니 수백 마리

나 되는 붉은색 박쥐들이 결계 주변으로 모여들었다. 나비에 박쥐까지 하늘이 온통 붉은빛이었다.

"강산이에게 전해줘, 우리가 구하러 간다고. 그리고 포위망을 친 사냥꾼들에게 들키지 않을 곳, 땅속 물과 연결된 곳이 어딘지 알려주고, 그곳에서 기다려 달라고도."

민지 언니가 말했다.

붉은박쥐 십여 마리가 은율이에게 다가오더니 공중에서 빙글빙글 돌았다. 은율이가 손을 들자 붉은박쥐들이 한 마리씩 은율이 손끝에 앉았다가 떠났다. 은율이에게 다가왔던 붉은박쥐들이 무리에 합류하자 박쥐들은 회오리를 그리며 돌더니 떼를 지어 어둠 속으로 사라졌다.

잠시 침묵이 흘렀다. 아무도 움직이지 않았다.

"멀리서 힘이 느껴져요."

은석이가 침묵을 깼다.

"하나, 둘, 셋, 넷이에요. 엄청난 힘이에요. 그 여자 말고 이런 공포감을 주는 힘은 처음이에요."

은석이 목소리가 미묘하게 떨렸다.

"이런!"

김현 아저씨가 신음을 흘렸다.

"최상급사냥꾼이야. 언제쯤 도착할지 알 수 있겠어?"

"더 다가가면 그들이 제 존재를 알아챌 거예요. 느낌으로는 빠르면 30분, 늦어도 40분 후에는 도착할 거예요."

"예상보다 빨리 왔네. 우리나라에는 최상급사냥꾼이 더 이상 없는데. 그렇다면 토미리스가 외국에 있는 최상급사냥꾼들을 급히 호출했다는 뜻인가……?"

김현 아저씨가 몹시 초조하게 말했다.

"외삼촌, 억지로는 안 돼. 지금은 흐르는 대로 가는 수밖에 없어."

민지 언니가 차분하게 말했다.

마음은 급한데 사라진 붉은박쥐는 빨리 돌아오지 않았다. 답답한 침묵이 길게 이어졌다. 어쩌면 짧은 시간이었는데 초조함이 그런 착각을 일으켰는지도 모르겠다.

"왔어요."

은율이가 밝게 말했다.

말이 끝나자마자 붉은박쥐가 나타났다. 은율이 손에 박쥐 수십 마리가 빠르게 앉았다가 떠났다.

"알았다고 하네요. 기다리는 장소도 지목했어요. 지도 좀 보여주세요."

민지 언니가 태블릿을 꺼내서 지도 앱을 켰다.

"빨간 지붕 집 마당에 오래된 우물이 있대요. 지금도 물이 마르지 않고 나온다고 해요."

"연화야! 어딘지 알겠어?"

물가에서 기다리던 연화 언니가 손을 물에 담갔다. 아니, 정확히는 손이 물처럼 변했다. 엄청난 일을 많이 겪어서 더는 놀라지 않을 줄 알았는데, 사람이 물로 변하니 놀라지 않을 수 없었다. 아래로 흐르던 물이 역류하더니 연화 언니 주변으로 모조리 빨려들었다.

"어딘지 알아냈어요."

연화 언니가 확신에 차서 말했다.

"좋아! 출발하자."

연화 언니가 흐물흐물 변하더니 물이 되어서 물속으로 사라졌다. 너무 놀라서 나도 모르게 신음이 나오려고 했다. 계곡물이 휘몰아치더니 강력한 회오리로 변했다. 회오리는 돌과 흙을 튕겨내며 땅에 구멍을 냈다. 곧이어 사람 한 명이 지나갈 만한 동굴이 만들어졌다.

"단우야, 단아야! 부탁할게. 은별이도 조심하고."

단우 오빠와 단아, 은별 언니가 동굴 속으로 들어가려는 것 같았다.

"지금 강산이를 만나러 가는 거죠? 저도 갈래요."

"위험해. 넌 여기서 기다려."

"다들 강산이를 모르잖아요."

"은율이랑 소통이 됐으니까 괜찮을 거야."

"그래도 모르잖아요. 제가 꼭 가야 해요."

나는 막무가내로 고집을 부렸다. 이제껏 누구도 막지 못한 늦둥이 고집이었다.

"휴, 정철 씨한테 네 고집에 대해서는 조금 듣기는 했는데……."

"오빠도 이런 저를 지지할 거예요."

민지 언니는 선뜻 결정을 내리지 못했다.

"민지 언니, 같이 갈게요. 어쩌면 도움이 될지도 모르잖아요."

은별 언니가 말했다.

나는 그 말이 끝나자마자 재빨리 은별 언니 뒤로 붙었다.

"가려면 이걸 차고 가."

민지 언니가 가방에서 팔찌를 꺼내서 내 왼팔에 채웠다.

"네 머릿속을 토미리스가 한 번 들여다봤기 때문에 네가 가까이 가면 바로 알아차릴 거야. 이걸 절대 풀면 안 돼. 알았지?"

나는 힘차게 고개를 끄덕였다.

"늦장 부릴 시간 없어. 빨리 가자."

단우 오빠가 재촉했다.

은별 언니가 손전등을 켰다. 동굴 안에서는 물회오리로 변한 연화 언니가 땅을 뚫는 소리가 끊임없이 들렸다. 엄청난 능력이었다.

"나한테서 멀리 떨어지지 마. 사냥꾼이 친 결계와 신성체가 뿜어내는 힘을 모두 견뎌내려면 나와 가까이 붙어 있어야 돼."

단우 오빠는 곡선으로 우아하게 흰 칼을 뽑아서 양손에 들더니 가슴에 모았다. 희뿌연 기운이 쭉 뻗어 나와 내 몸을 스치고 지나갔다. 은별 언니가 손전등을 들었고, 나는 은별 언니 바로 뒤에 바짝 붙어 갔다. 내 뒤에는 단아 언니가 따라왔는데 계속 이상한 주문을 외우며 동굴 벽을 긁어댔다. 무슨 보호막을 만드는 것 같았지만 정확히는 알 수 없었다. 붉은 나비 여러 마리가 따라왔는데, 동굴 속으로 들어가니 점점 희미해지다가 더는 보이지 않았다. 나는 방해되지 않으려고 최선을 다했다. 지하수가 흐르는 곳을 뚫어서인지 거칠지 않고 깔끔해서 걷기에 그리 어렵지 않았다. 한참 가는데, 연화 언니가 더는 앞으로 가지 않고 기다리고 있었다.

"무슨 일이야?"

단우가 물었다.

"여기서부터 위로 올라가면 우물이야."

연화 언니가 말했다.

은별 언니가 손전등을 비추자 작은 구멍이 위로 뚫린 게 보였다.

"바로 위에서 결계가 뿜어내는 힘이 느껴져. 이대로 올라가면 그 여자가 알아차릴 거야."

"나와 같이 가야겠네."

단우 오빠가 말했다.

"오빠, 어지러울 테니 조심해."

"내 걱정은 마."

물보라가 단우 오빠를 감싸더니 맹렬하게 회전했다. 구멍이 넓어지면서 연화 언니와 단우 오빠가 천천히 위로 올라갔다. 흙이 바닥으로 떨어져서 뒤로 조금 물러서는 그때, 방울 소리가 들렸다.

"지하 혼령들은 팔주령이 내리는 지시를 따르라."

동굴 곳곳에서 하얀 형상들이 흐물흐물 피어나며 우리를 빙 둘러쌌다.

"나빈이는 잠깐 여기서 기다려."

단아 언니는 은별 언니를 옆구리에 껴안더니 바람이 벽을 타듯 올라갔다. 혼자 아무도 없는 동굴 안에 있으니 조금 으스스했다. 눈에 잘 보이지는 않지만 주변에 단아 언니가 불러낸 혼령들이 있다고 상상하자 등골까지 오싹했다. '이대로 내버려지면 어쩌지!' 공포에 심장이 마구 뛰었다. 붉은 나비가 다시 보였다. 나비가 날갯짓하며 내 손등에 내려앉았다. 나비를 손끝으로 슬쩍 건드려 봤더니 손이 나비를 통과했다. 나비는 팔뚝을 타고 점점 내 얼굴로 다가왔다. 나비가 얼굴에 가까워질수록 두근대던 심장이 차분하게 가라앉았다. 나비가 살짝 날갯짓하며 다시 날아올랐다. 보이지도 만져지지도 않지만 나비가 내 머리 위에 앉은 게 확실했다. 마음이 차분해지고 저 안에 감춰두었던 용기가 콩닥콩닥 기지개를 켰다.

"나비야, 고마워. 아니 은석아, 고마워."

잘생긴 은석이가 살며시 웃는 게 느껴졌다.

더는 어둠이 무섭지 않았다. 단아 언니가 불러낸 혼령도 두렵지 않았다. 내 안에는 강산이를 무사히 구해야 한다는 강한 의욕만 넘쳤다.

잠시 후 단아 언니가 내려왔다. 단아 언니는 나를 껴안더니 또다시 바람처럼 위로 올라갔다. 곧 외부 공기가 느껴졌고, 우물을 벗어나 밖으로 나왔다.

"난 버티기 힘들어. 지하에서 기다릴게."

내가 나오자마자 연화 언니는 우물 속으로 들어갔다.

단우 오빠와 은별 언니는 우물에서 두세 걸음 앞에 서 있었다. 단우 오빠는 여전히 칼을 가슴에 모으고 있었다. 단아 언니는 나를 내려놓더니 주변 네 곳에 하얀 종이를 깔고, 그 위에 칼을 꽂았다. 우리가 빠져나온 곳은 다 쓰러지고 부서진 낡은 집 뒷마당이었다. 주변은 온통 푸른빛이어서 하늘도 다른 곳도 보이지 않았다. 단우 오빠를 중심으로 지름이 3m쯤 되는 영역만 돔처럼 푸른빛을 막아내고 있었다.

"강산이는 어딨죠?"

내 말이 끝나자마자 낡은 문이 열리며 강산이가 엄마 손을 붙잡고 나타났다.

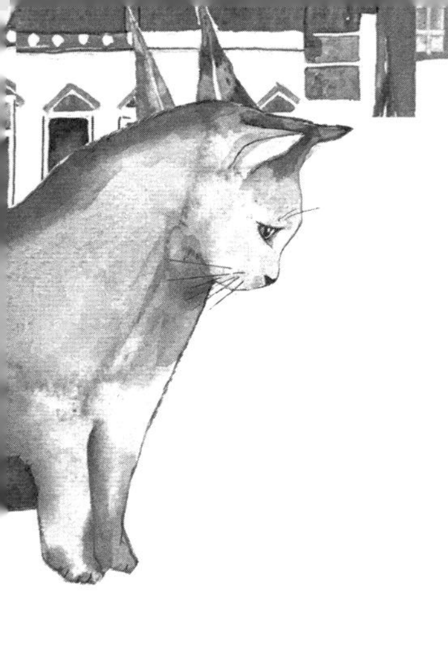

10

사랑한다면

걱정과 안부를 나눌 시간은 없었다. 빨리 그곳을 빠져나가야 했다. 은별 언니가 강산이에게 다가가려다 흠칫 손을 빼며 물러났다.

"갈 수가 없어."

항상 침착하고 차분하던 은별 언니가 처음으로 당황했다.

"이런! 나갈 수도 들어오게 할 수도 없네. 이걸 생각하지 못하다니……."

단아 언니가 어처구니없어했다.

강산이가 다가오려고 하자 단아 언니가 재빨리 오지 못하게 막았다.

"야, 너! 이쪽으로 다가오면 안 돼."

"강산이를 구해서 나가야 하잖아요?"

내가 물었다.

"재가 들어오면 우리도 그 고통에 휘말려."

"그럼 어떻게 해요?"

"은별이가 강산이와 2~3분 정도 직접 접촉하면 폭주를 잦아들게 만들 수 있어. 그렇지만 은별이가 이 방어막을 벗어나면 곧바로 엄청난 고통에 빠지게 돼. 은별이는 1분이 아니라 몇 초도 버티지 못할 거야. 나나 단우도 마찬가지고."

진퇴양난이었다. 은별 언니가 밖으로 나갈 수도 없고, 그렇다고 강산이를 보호막 안으로 끌어들일 수도 없었다.

"어떻게 좀 해봐. 이대로는 얼마 못 버텨."

단우 오빠가 힘겹게 말했다.

그때 하늘 가득한 푸른빛이 요동쳤다. 위아래로 출렁이면서 깊은 바다가 요동치듯 꿈틀거렸다.

"토미리스도 결계를 유지하는 데 한계에 도달한 모양이야."

단아 언니가 말했다.

"결계가 깨지면 어떻게 되죠?"

내가 물었다.

"묶여 있던 푸른 연기가 삽시간에 도시로 퍼지고, 그와 동시에 도시 전체가 지옥으로 변할 거야. 물론 지옥은 이 도시에서 그치지 않아. 푸른 연기가 닿는 곳이면 모조리 지옥이 되겠지."

단아 언니가 손에 부채를 들었다.

"나단아! 그거 안 좋은 선택이야."

단우 오빠가 힘을 쥐어짜며 말했다.

"다른 선택이 없잖아."

"옳지 않아."

"그럼 어쩌라고?"

"아빠가 그랬잖아. 신성한 힘이 막 깨어나서 폭주할 때는 신성체를 죽여도 힘은 소멸되지 않는다고. 도리어 수백 수천 배로 더 강한 후폭풍을 일으킨 뒤에야 사라진다고. 토미리스가 강산이를 안 죽이고 결계만 친 건 그 때문이야."

그제야 단아 언니가 강산이를 죽이려고 했다는 걸 깨달았다. 단아 언니는 무서운 사람이었다.

"아이 씨, 짜증 나! 그럼 도대체 어떡해야 하는 거야?"

단아 언니가 거칠게 투덜거리면서 부채를 품에 다시 넣었다.

"강산이가 어떡해야 하는 거죠?"

낮고 침착하게 강산이 엄마가 물었다.

"폭주하는 힘을 거둬야 합니다."

은별 언니가 대답했다.

"강산이가 말한 이상한 현상이 강산이 때문이었군요. 제가 어떻게 도울 수 없을까요?"

"도울 수 있는 사람은 저밖에 없어요."

은별 언니가 안타까워하는 마음이 진하게 묻어났다.

"당신이 강산이와 접촉하지 않으면 이 이상한 현상이 사라지지 않나 보군요."

"네."

"강산이 스스로 할 수 있는 방법은 없나요?"

"시간이 넉넉하다면 천천히 훈련을 통해 통제할 수 있을 거예요."

"그럴 여유가 없군요."

강산이 엄마가 가늘게 한숨을 쉬었다.

"내가 가야겠어."

심호흡하더니 은별 언니가 나직하게 말했다.

"말했잖아, 1분도 못 버틴다고."

단아 언니가 경고했다.

"방법이 없잖아. 어떻게든 고통을 참아봐야지. 어쩌면 버틸 수 있을지도 몰라."

"고통에 빠지면 정신이 흐트러지고, 그러면 접촉해도 소용없어."

"난 고통에 익숙해."

씁쓸함이 끈적하게 묻어나는 말이었다.

은별 언니가 한 걸음 앞으로 나아갔다. 강산이 엄마가 강산이 어깨를 껴안았다. 강산이는 입을 꾹 다물고 긴장한 채 그냥 서 있기만 했다. 당황, 슬픔, 외로움, 걱정이 온전히 내게 전해졌다. 깊이를 알 수 없는 처절한 분노도 느껴졌다.

갑자기 다섯 살 때 겪었던 사고가 떠올랐다. 그때 사고를 당했던 맞은편 자동차에 탄 언니가 누군지 분명해졌다.

"언니, 잠깐만요!"

나는 언니 손을 잡았다.

"제가 갈게요."

은별 언니가 나를 봤다. 이마에 난 상처에서 신비한 빛이 일렁였다. 수십억 광년이나 떨어진 우주를 가로질러 날아온 별빛을 닮은 빛이었다. 광활한 어둠 속에서 방황하는 나그네에게 따뜻한 집으로 가는 길을 안내하는 별을 만난 듯했다. 내 안에 깊이 잠든 어떤 것이 그 별빛으로 인해 깨어났다. 그게 무엇인지 모르지만 이 순간 이곳에 내가 왜 있는지, 무엇을 해야 하는지를 분명하게 깨달았다.

"너, 그 아이구나. 자동차 사고가 났을 때……."

나는 살포시 웃었다.

은별 언니도 따라서 웃었다. 은별 언니가 날 붙잡은 손에 힘을 주었다. 나는 씩씩하게 강산이에게 갔다. 강산이 눈을 보며 다가갔다. 강산이는 눈을 피하지 않았다. 보호막을 벗어났다. 푸른 안개가 나를 휘감았다. 어떻게 해야 할까? 외롭고 당황하고 슬프고 걱정이 태산 같은 사람에게 나는 어떻게 해야 할까? 슬픔이 분노에 물들어 한없이 폭발할 때면 어떻게 해야 그것들을 달랠 수 있을까? 내게 떠오른 방법은 하나뿐이었다. 그게 맞는지 어떤지 모르지만 할 수 있는 방법이 하나라면 그걸 해야만 했다. 내가 할 수 있는 방법이 그것뿐이기도 했다.

나는 강산이를 꼭 안았다. 온 마음을 다해 껴안았다. 강산이 몸은 차가운 돌 같았다. 몸이 긴장과 걱정과 공포와 슬픔으로 굳어 있었다.

"나, 무서워."

강산이가 힘들게 입을 뗐다.

토미리스에게 붙잡혀서 겪었던 고통이 떠올랐다.

"벌레들처럼, 너도 고통 속에 죽을까 봐 두려웠어."

강산이 몸이 미세하게 떨렸다.

'강산이가 나를 걱정했구나!'

'이 엄청난 폭주가 나 때문이었구나.'

'나를 위해서…… 나를 지키려고…….'

더 따스하게 껴안았다.

'이젠 내가 너를 지킬게.'

강산이 손이 슬며시 내 어깨에 올라왔다.

"그 아기들이 죽어 나갈 때마다 으깨지고 부서지는 고통이 그대로 내 몸으로 전해졌어."

아파하면서도 강산이는 울지 않았다. 어깨가 조금씩 부드러워졌다.

다른 손길이 느껴졌다. 세상에서 강산이를 가장 사랑하는 사람이 건네는 손길이었다. 우리 엄마가 나를 안아주듯이, 강산이 엄마도 강산이를 꼭 껴안았다. 긴장으로 흔들리던 호흡이 점점 차분해지면서 내 어깨에 얹은 강산이 손에서 힘이 느껴졌다. 강산이 심장 소리가 들렸다. 강인하고 든든했다. 혼자서 넓은 밭을 씩씩하게 가꾸는 굳센 심장이었다. 강산이는 강했다. 생명을 사랑하고 길러내는 진정한 강함이 나약한 두려움을 찢으며 그 진면목을 드러냈다.

"폭주가 멈췄어."

단아 언니가 말하지 않아도 알 수 있었다.

나는 강산이를 감싼 손을 풀었다. 해맑은 얼굴이 웃음을 머금고 나를 맞이했다.

그때였다.

쿠-쿠-쿠-쿵!

낮지만 묵직한 굉음이 들렸다.

"이게 뭐죠?"

"빨리 피해야 해. 결계 교대야. 그들이 왔어, 최상위사냥꾼들!"

단아 언니가 다급하게 말했다.

토미리스, 두 번 다시 마주치고 싶지 않은 악령 같은 여자다. 그 여자에게 붙잡히는 것은 상상만 해도 끔찍했다.

"연화야! 빨리 올라와."

은별 언니가 우물에 대고 소리쳤다.

곧바로 물이 회오리처럼 우물에서 솟구쳤다.

"빨리 데리고 내려가."

미처 반응하기도 전에 연화 언니는 나와 강산이, 강산이 엄마를 휘감아서 우물 속으로 들어갔다. 우물 밑으로 내려와서도 연화 언니는 우리를 내려놓지 않았다. 놀이공원에서 물 미끄럼틀을 타고 내려갈 때처럼 엄청난 빠르기로 동굴을 통과했다.

몇 호흡 지나지 않아 우리는 출발지점으로 돌아왔다. 모두 초조하게 우리를 기다리고 있었다.

"외삼촌! 애들 데리고 빨리 가세요. 전 단우와 단아가 오면 진을 거둬서 뒤따라갈게요."

"알았다. 강산이 어머님! 실례지만 저에게 업히시겠어요?"

김현 아저씨가 말했다.

"잠깐만요. 제가 업을게요."

은율이가 나섰다.

"네가 어떻게 업고 가겠니?"

"아저씨, 은율이에게 맡기세요. 은율이가 더 빠를 거예요."

은석이가 은율이를 거들었다.

은율이는 김현 아저씨가 허락하기도 전에 강산이 엄마를 업었다.

"그럼 부탁할게요."

은율이는 강산이 엄마를 가뿐히 업었다. 연화 언니는 사람 모습으로 돌아와서 걸을 채비를 했다.

"전 여기 있을래요."

유리 언니였다.

"같이 내려가. 그게 우리한테 편해."

"아뇨, 단우가 오면 같이 갈래요."

유리 언니는 단우 오빠를 사랑하는 게 확실했다.

민지 언니와 유리 언니가 남고, 나머지는 산에서 내려갔다. 은율이는 놀랄 만큼 빨랐다. 맨몸으로 걷는 우리보다 훨씬 가볍게 걸었다. 우리가 없으면 더 빨리 내려갈 것 같았다. 산을 다 내려와서 무사히 차에 탔다. 차를 타고 가는 내내 강산이 손을 꼭 잡았다. 차 안에서 은석이가 계속 주변 상황을 전했는데, 다행히 위험한 문제는 없었다. 밤길을 달린 차는 익숙한 돌담 앞에 멈췄다. 대문을 지나 구불구불한 오솔길을 걸어서 집으로 가는데, 유미가 멀리서 뛰어오는 게 보였다.

"나빈아!"

유미는 내 이름을 크게 부르더니, 내 앞에 오자마자 나를 꼭 껴안았다.

엄마에게 전화를 걸어서 안심시키고, 여유롭게 앉아서 간식을 먹었다. 긴장이 풀리니 웃음이 연신 나왔다. 강산이도 자연스럽게 대화에 끼어들었다. 화기애애한 분위기였다.

"다들 차가 있는 데까지 내려왔어요."

은석이가 전하는 소식이 마지막 걱정까지 덜어주었다.

음료수를 마시고 유미 농담을 받으려고 하는데 은석이가 벌떡 일어났다.

"앗! 위험해요!"

그러고는 아무 말도 하지 못하고 굳은 채 가만히 있었다. 모두 하던 말과 동작을 멈추고 은석이에게서 다른 말이 나오길 기다렸다. 은석이 얼굴이 점점 일그러졌다.

"이게…… 도대체…… 뭐지?"

은석이가 털썩 주저앉았다.

"무슨 일이야?"

은율이가 다급하게 물었다.

"나비가, 모조리 소멸됐어요."

은석이는 긴장된 얼굴로 나비가 소멸하기 전까지 벌어진 일을 들려주었다.

민지 언니 일행은 뒤늦게 빠져나온 뒤 보호를 위해 쳤던 진을 풀고 산에서 내려왔다. 차가 있는 데까지 무사히 도착했다. 민지 언니가 운전석에 먼저 타고, 단우 오빠는 앞좌석에, 유리 언니와 단아 언니가 뒷좌석에 오른 뒤 마지막으로 은별 언니가 타려는 순간이었다. 한 여자가 바람처럼 차를 뛰어넘더니 은별 언니를 낚아챘다. 머리카락은 흐트러지고 옷 곳곳이 피투성이인 여자였다. 단아 언니가 놀라서 뛰어내렸고, 단우 오빠도 차에서 내렸다. 은별 언니를 붙잡은 여자는 도망치려고 했지만 단우 오빠와 단아 언니가 막아섰다. 여자는 은별 언니를 왼손으로 제압한 상태에서도 전혀 밀리지 않았다. 무척 지치고 힘들어 보였지만 엄청난 빠르기로 단우 오빠와 단아 언니를 밀어냈다. 단아 언니가 팔주령을 들어 공격했지만 전혀 먹히지 않았다. 단우 오빠도 양손에 칼을 들고 하얀 돔을 만들어 여자를 가두려 했지만, 여자는 전광석화처럼 움직이며 돔에서 벗어났다. 그러나 싸움은 조금

씩 단우 오빠와 단아 언니 쪽에 유리하게 펼쳐졌다. 여자는 금방 지쳤다. 두 사람은 은별 언니를 구할 뻔했다. 토미리스가 나타나지 않았다면…….

단아 언니가 은별 언니를 막 구하려고 할 때 하늘에서 토미리스가 나타났다. 엄청난 기세였고, 단아 언니가 가까스로 공격을 피했다. 단우 오빠와 단아 언니는 토미리스의 상대가 되지 않았다. 정상 상황에서 싸워도 밀렸을 텐데, 강산이를 구하려고 힘을 많이 소진해서 지친 상태였기 때문이다. 먼저 단아 언니가 쓰러졌고, 마지막까지 버티던 단우 오빠도 쓰러졌다. 토미리스는 단우 오빠와 단아 언니를 포박하려고 했다. 그때 또다시 반전이 일어났다.

싸움을 지켜보며 발을 동동거리던 유리 언니가, 단우 오빠가 쓰러지자마자 오른 손목에 찬 팔찌를 풀어버린 것이다. 잔혹한 웃음이 퍼지면서 짙은 안개가 끼었고, 땅이 꿈틀거리며 하얀 몸에 붉은 얼굴을 한 형상들이 땅 곳곳에서 일어났다. 민지 언니는 그걸 '홍백귀(洪白鬼)'라고 불렀다. 안개가 짙어지고 홍백귀가 날뛰었다. 홍백귀가 움직이는 곳마다 모든 것이 흙먼지로 흩어졌다. 붉은 나비도 예외는 아니었다.

초조한 시간이 흘렀다. 은석이가 다시 나비를 날려 보냈다.

"폐허밖에 안 남았어요."

은석이가 침울하게 상황을 전했다.

"그 동네는 어때?"

김현 아저씨가 물었다.

"잠깐만요. 음…… 아무것도 없어요. 사냥꾼들은 사라졌어요. 마을을 채웠던 푸른 연기도 없어졌고요."

"주변을 찾아봐. 그들이 어딘가 있을 거야. 그곳에 쳐진 결계를 완전히 정리하고 이동하기에는 충분치 않은 시간이었어."

김현 아저씨가 재촉했다.

은석이는 정신을 집중하고 더 많은 나비를 날려 보냈다. 그러나 시간이 지나도 답은 똑같았다.

"없어요. 아무것도, 아무 데도……. 기운조차 느껴지지 않아요."

"민지나 은별이는?"

"느껴지지 않아요. 전혀. 그 어디에도……."

설마 모두 잡혀간 것일까? 아니면 그 홍백귀로 인해 모두 사라져 버린 것일까? 불길한 예감이 우리를 무겁게 짓눌렀다.

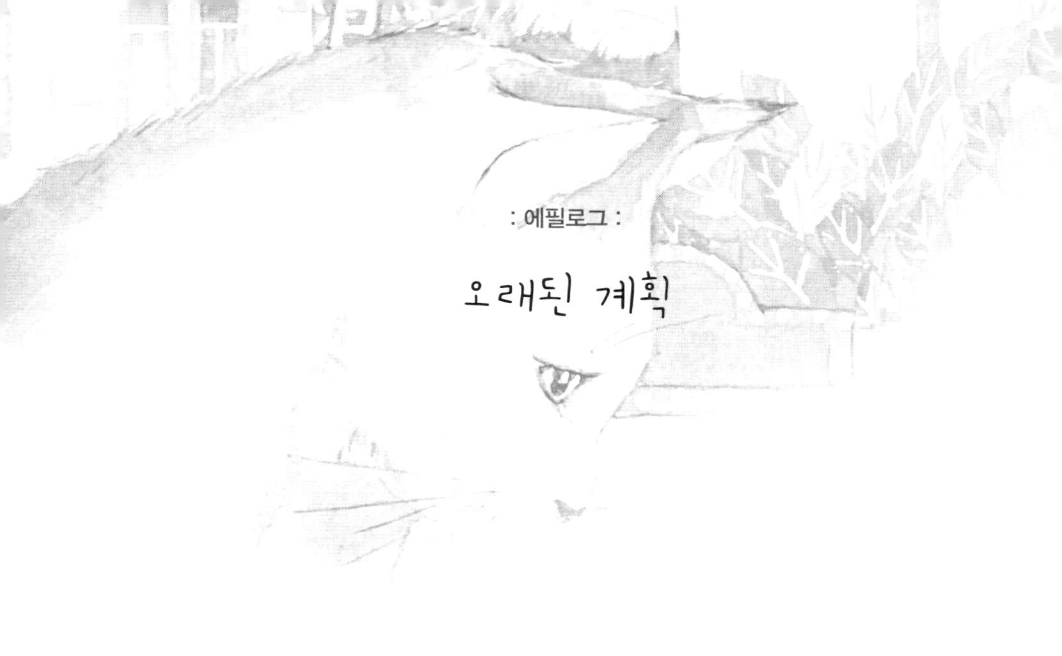

: 에필로그 :

오래된 계획

촛불이 흔들리자 그림자도 같이 흔들렸다.

“이제 어쩔 생각이죠?”

은별이가 물었다. 언제나처럼 단정한 자세였다.

“잠든 문을 열어야지.”

토미리스는 흐트러진 머리를 뒤로 넘기며 피곤한 듯 눈을 자꾸 만졌다.

“신성이 봉쇄된 이후로 우리 일족은 오랜 세월 수많은 시도를 해왔어. 가끔은 성공했다는 확신이 들기도 했지만, 언제나 딱 한 치가 모자라서 실패하고 말았지. 수많은 실패를 통해 우리는 드디어 자물쇠를 찾았고, 열쇠가 될 강력한 신성체만 잡으면 꿈에 도달할 수 있었어. 그

렇지만 한동안 강력한 신성체가 나타나지 않았지. 그 대신 신성을 위협하는 엄청난 기술들이 나타났어. 일족들의 믿음은 점점 옅어졌고, 신성은 점점 희미해져 갔지. 긴 세월이었기에 우리 일족 중 일부는 변화하는 세상을 좇아 다른 길을 찾아 떠나기도 했어. 역사에는 전혀 다른 이름으로 기록되었지만……. 어쨌든 우리는 문을 열 만한 힘을 지닌 신성체가 나타나지 않을지도 모른다며 걱정했지. 그런데 최근에 도솔시에서 강력한 신성체가 잇달아 나타난 거야."

토미리스는 보랏빛 머리카락을 두 손으로 훑더니 뒤로 묶었다.

"강한 신성체라는 열쇠만 있으면 우리는 문을 열게 될 거야. 그런데 너는 열쇠와 문을 뛰어넘어 신성체와 곧바로 연결되는 존재야. 이제

껏 너 같은 존재는 단 한 명도 없었어. 네가 어떻게 그런 존재가 됐는지는 모르지만, 우리에게는 크나큰 행운이지."

"전 협조하지 않을 거예요."

은별이 단호하게 말했다.

"네 의지와는 상관없어."

"고문 따위로 절 위협해도 안 통해요. 전 고통에 익숙해요."

"네 숙명은 깨우는 거야. 넌 그 숙명에 따르게 될 거야."

토미리스는 한동안 눈을 감았다가 다시 떴다. 피곤이 몰려오는지 눈꺼풀이 파르르 떨렸다.

"황련이 가만있지 않을 거예요."

"그분도 우릴 못 막아. 오래전에 실패한 계획을 다시 시도하려는 것도 어리석지."

"제 친구들과 동생들도 그대로 있지는 않을 거예요."

토미리스가 자리에서 일어났다.

"각성한 지 겨우 2주밖에 안 됐는데, 그 아이들이 몰라보게 강해져서 솔직히 놀라긴 했어. 더구나 「누」와 계약을 맺은 그 여자애가 그런 선택을 할 거라곤 전혀 예상하지 못했고. 〈이라두의 발톱〉을 오므려야 할 정도였으니……."

"그게 사랑이 지닌 힘이에요."

"사랑? 그래, 사랑. 참 좋은 말이야."

토미리스가 손을 슬쩍 움직이자 수십 가닥이나 되는 실선이 손목에서 뻗어 나와 방안을 거미줄처럼 촘촘히 채웠다가 다시 손목으로 빨려 들어갔다. 은별이를 위협하려는 건지 〈이라두의 발톱〉을 확인하려는 건지 의도는 분명치 않았다.

"제가 질문 하나 해도 되나요?"

"물론."

"그때 나타난 이는 누구죠?"

"누구? 아, 네 친구들을 데려간 자……."

"당신이 조금도 망설이지 않고 도망치게 한 존재라 무척 궁금했어요."

"친구들 안위가 걱정되는 건 아니고?"

"부정하진 않겠어요."

"의외긴 했어. 아직도 살아 있다니."

"누구죠?"

"예상치 못한 방해꾼이긴 하지만 대세에 지장은 없어."

토미리스는 질문에 답하지 않고 말을 돌렸다.

"처음으로 거짓말을 하시네요."

은별이 입가에 비웃음이 걸렸다.

"그 옛날, 은둔한 가문인가요?"

"네가 그분에게 오래된 이야기를 들은 모양이구나."

"조금은……."

"아홉 가문이 뭉쳐서 생존을 도모한 지 수천 년이야."

"생존이라니 겸손하시네요. 강대한 힘으로 세상을 주물러 왔으면서……."

토미리스는 이맛살을 찌푸리더니 책상 위에 올려놓은 선글라스를 꼈다.

"그렇게 세상을 지배하고 싶나요?"

"지배가 아니야."

"그럼 뭐죠?"

"우리는 질서를 잡으려는 거야. 이 삐뚤어진 인간 세상을 더는 두고 볼 수 없으니까."

"당신들이 세상을 망치는 데 일조하지 않았나요?"

토미리스는 얕고 지친 숨을 내쉬었다.

"이곳이 편히 쉬기에 좋은 곳은 아니지만 그래도 푹 쉬어. 앞으로는 꽤 힘들어질 테니."

토미리스가 책상을 가볍게 두드렸다. 문이 열리고 한 여자 사냥꾼이 들어왔다. 그 여자를 보더니 은별이가 옅은 한숨을 쉬었다.

"이렇게 또 만났네."

"어떻게 탈출했죠?"

은별이 물었다.

"끔찍했지. 같이 갇힌 우리 일족 전체를 희생시킨 뒤에 나만 겨우 벗어났으니까."

김효민 눈가가 파르르 떨렸다.

"탈출하자마자 어떻게 저를 금방 찾아낸 거죠? 저는 은둔령을 차

고 있었는데…….”

“일족을 희생시킨 대가로 얻은 능력이지. 네 냄새는 똑똑히 기억하거든.”

김효민이 자기 코를 가리켰다.

“그만 쉬게 해.”

토미리스가 명령했다.

김효민은 은별이를 데리고 밖으로 나갔다. 문이 닫히자 토미리스가 털썩 주저앉았다. 지친 기색이 역력했다. 선글라스를 벗고는 두 눈을 가볍게 문질렀다.

“통증이 사라지지 않아.”

입술이 파르르 떨렸다.

“이리도 강한 힘이라니……. 더 강해지기 전에 서둘러야겠어.”

그때 머리를 묶은 끈이 툭 끊어졌다.

바람 들어올 곳이 없는 공간인데도 보랏빛 머리카락이 허공에 나풀거렸다.

※ 달빛소녀 이야기는 6권으로 이어집니다.